AF381490

Julien Kaiser

Im See

Eine Erzählung

© 2019 Julien Kaiser

Herstellung und Verlag: BoD – Books on Demand, Norderstedt

ISBN: **9783750423688**

Im See
ist eine Erzählung des Autors
Julien Kaiser.

Nicht zwingend notwendig,
aber passenderweise möchte hier
einmal erwähnt sein,
dass die Kurzgeschichten
Verhörraum
und
In der Leere
im selben Universum spielen,
wie diese Geschichte.

Im See

Kapitel 1

Extra für diesen Schuss scharrte Brié etwas von der weichen Erde mit Hilfe ihrer Hacken beiseite, damit der Ball keine Chance bekäme, aus der Kuhle fortzurollen. Diesen Tipp hatte sie von Vater. Er zeigte ihr wie es ging.

„Siehst du, Brié? So bleibt er da liegen wo du ihn haben willst."

„Sogar bei Wind?", fragte sie erstaunt nach.

„Sogar bei Wind.", versicherte er ihr.

So recht glauben konnte sie das nicht, also wartete das Mädchen einen Moment ab. Vom See kamen ständig leichte Lüftchen. Sie flogen vom Wasser getragen hinauf aufs Festland, über die Wiesen und Sandstellen und mündeten weiter weg an den Parkbänken, Hecken und den dicken Eichenbäumen, die zum kleinen Wald gehörten, der sich einmal rings um das Gewässer zog.

Auf einer der Bänke, sie war mit grüner Farbe angestrichen, saßen ihre Eltern. Beide drückten die Daumen und machten ihr Mut.

„Bist du bereit?"

Ihr Vater war zuversichtlich, dass es funktionieren würde und der Ball, den das Mädchen Yellow taufte, brav, trotz des Windes, an Ort und Stelle abwartete, bis Brié zum Schuss ausholte.

„Bin ich.", gab sie zurück und nahm Anlauf.

Erst machte Brié ein paar große Schritte rückwärts. Sie sah oft hinter sich, um nicht Gefahr zu laufen jemandem auf die Füße zu treten. Als sie gute drei oder vier Meter weg war, machte sie halt. Mutter sah genau hin, warf den Kopf fragend zur Seite und rief ihr mit ernster Stimme zu:

„Brié! Glaubst du denn das reicht jetzt?"

Das Mädchen sah herüber zur Bank, danach betrachtete sie ihre gelben Schuhe und zum Schluss den gummierten Ball. Entschlossen schüttelte sie den Kopf. Das Mädchen beschloss noch zwei große Schritte und ein paar Tippelschritte folgen zu lassen. Ihre Mutter verkniff sich dabei so sehr das Lachen, dass sie ihr Grinsen mit einer Hand bedecken musste.

Nun konzentrierte sich Brié auf den gelben Gummiball. Sie schob die Brauen zusammen und leckte ihre Lippen.

„Na los! Mach schon, na los doch!"

Vater und Mutter feuerten sie an. Dann rannte die Kleine los und traf den Ball mit voller Wucht.

Was für ein Schuss! Der Tritt des jungen Mädchens hatte Yellow hinfort geschleudert. Brié schien selbst zu staunen. Sie sah ihm lange nach während er flog. Ihre Freude war grenzenlos gewesen. Nie zuvor hatte sie so gut getroffen. Ihre Eltern standen auf und applaudierten.

„Großartig, Brié, großartig!"

Für das kleine Mädchen hatte sich der Ausflug jetzt schon gelohnt.

Der Ball rollte und er rollte und rollte schier unaufhaltsam, bis er Gefahr lief in den See zu kullern. Brié schrie dem gelben Ball hinterher.

„Hey, das reicht jetzt!", befahl Sie mit strengem Ton und versuchte ihn noch aufzuhalten. Aber der Ball war zu schnell für die kurzen Beinchen des Mädchens.

Gerade rechtzeitig hielt ein Mann ihn auf.

„Das war knapp, kleine Lady.", sprach der untersetzte ältere Herr sie an.

„Du hast einen guten Schuss gemacht."

Brié betrachtete den Fremden mit vorsichtiger Neugier. Ihre Eltern bläuten ihr ein, dass sie sich von Leuten, die sie nicht kannte, fernhalten sollte. Sie lernte aber auch Respekt zu haben sowie immer freundlich und hilfsbereit zu sein.

„Ich hab Sie hier noch nie gesehen, Mister."

Brié stand vor ihm. Die Hände versteckte sie hinter dem Rücken und etwas nervös fing sie an ihren Körper zu drehen. Die Schultern schlackerten dabei abwechselnd vor und zurück, wie bei einem Tanz, bei dem man seine Beine nicht bewegen durfte.

Dann betrachtete Sie ihn ganz genau.

Der Herr wirkte etwas älter auf sie, jedoch nicht so wie ein Großvater. Eher wie ein Onkel. Er hatte einen grauweiß melierten Bart, der über den Ohren begann und sich auf der Lippe und am Kinn traf. Sein Bauch war rund wie eine Kugel. Der Rest schien ganz normal, abgesehen von seiner Größe.

„Ich hab dich hier auch noch nie gesehen.", sagte der ältere Herr. Dann stellte er sich vor, wobei er sich etwas herunterbeugte und die Hand ausstreckte.

„Ich bin Rudi. Rudi Raubach."

Brié sah sich die Hand an. Ihr fiel auf, dass Rudi einen rötlichen Hautton hatte. Keinen, der aus einem anderen Land stammen mochte, eher einen, der von der Sonne kam.

Rudi hatte ein weites Shirt an mit rot-weiß-Querstreifen darauf. Seine kurze blaue Hose war etwas schmutzig und ausgeblichen. Die Knie waren behaart und er trug flache helle Schuhe. Sie waren ebenfalls dreckig und mit dunklem Sand besudelt.

Brié sah hinter sich auf die entlegene Parkbank. Ihre Eltern saßen noch da. Das konnte nur bedeuten, es war in Ordnung mit dem netten Mann zu sprechen.

„Ich bin Brié. So wie der Käse."

Ihre zierliche Hand fasste Rudis und schüttelte sie kräftig.

„Wow, was für ein Händedruck.", flachste der Mann los.

„Den hast du bestimmt von Vati, stimmt's?"

Sie nickte eifrig und grinste.

„Und wie hübsch du aussiehst. Das muss Mamis Werk sein."

Brie trug an diesem Tag eine Latzhose. Darunter versteckte sich ein sonnengelbes Hemd. Auch ihre Schuhe waren gelb und mit aufgenähten bunten Schleifen verziert. Ihre blonden Zöpfe hingen vorne herab auf die Schultern. Die Zopfgummis waren auch gelb.

„Bei Mama muss immer alles zusammenpassen.", erzählte sie ihm.

„Bestimmt sind beide ganz stolz auf ihre Brié."

Wieder nickte sie.

„Ein kluges Mädchen, die kleine Brié. Deine Eltern haben mit dir viel Glück gehabt." Er tippte ihr auf die Nase.

„Du hast sicher vor gar nichts Angst, hab ich recht?"

Das Mädchen überlegte kurz. Sie legte den Zeigefinger auf die Unterlippe ihres offenstehenden Mundes und sah sich um.

„Tauchen ist schwierig.", sagte sie entschlossen.

„Aber ich kann gut schwimmen.", fügte sie nach einiger Überlegung hinzu.

„Du bist ja noch jung und hast sicher genügend Zeit das Tauchen zu lernen, oder?"

„Ich bin schon fast acht Jahre alt. Nächste Woche habe ich Geburtstag."

Der Mann sah sie lange an ohne etwas zu sagen. Schließlich erhob er sich wieder.

„Hier hast du deinen Ball zurück. Und pass gut darauf auf. Wenn du nicht tauchen willst, sollte er auf keinen Fall in diesen See fallen. Er würde untergehen wie ein Stein."

So recht glauben konnte sie Rudi das nicht. Sie wusste ganz sicher, dass ein Ball auf der Oberfläche schwimmen würde, aber das behielt sie für sich. Denn wie hatten ihre Eltern gesagt: Mit Respekt und Freundlichkeit macht man die Leute glücklicher.

„Vielen Dank, dass sie meinen Ball gerettet haben."

Dann drehte sie sich um und rannte zurück. Den Ball hielt sie in den Händen, aber verlor ihn in einem Moment der Unachtsamkeit. Etwas blitzte auf dem Boden unter der Erde hervor.

Brié bückte sich danach und holte das Geldstück heraus. Als ihr klar wurde, was es war, lächelte sie ihren Eltern zu, die in aller Seelenruhe auf der Bank warteten.

Sie sammelte den Ball auf und klemmte ihn zwischen Arm und Hüfte ein.

„Seht mal, was ich gefunden habe!", rief sie stolz aus einiger Entfernung, aber ihre Mutter wollte mehr über den fremden Mann erfahren.

Während Brié ihr Geldstück in der Brusttasche der Latzhose verstaute, erzählte sie, dass der Mann ihren Ball aufgehalten hatte, ehe dieser in den See fallen und anschließend untergehen konnte.

Vater schüttelte den Kopf bei diesem Gedanken und Brié erklärte stolz, dass sie den freundlichen Mann nicht berichtigt hatte, ganz so wie sie es ihr beigebracht hatten.

„Beiße nicht die Hand, die dich füttert.", sagte Vater mit mahnender Stimme und erhobenem Finger.

Brié und ihre Eltern waren heute sehr früh zum See gefahren. Sie blieben lange die einzige Familie weit und breit. Erst zum frühen Nachmittag hatten sie Gesellschaft bekommen.

„Endlich jemand zum Spielen.", freute sie sich, als ein Junge in ihrem Alter den Trampelpfad in der Nähe herunter huschte. Ihm folgten Mutter und Vater und ein kleineres Mädchen von höchstens drei oder vier Jahren. Sie kamen aus dem angrenzenden Waldgebiet, hinter dem, mit kleinerem Abstand, ein Parkplatz für Seebesucher lag. Auch das Auto von Vater und Mutter war dort geparkt. Ein blauer Familienvan.

Der größere Sohn hieß Erwin. Sie machten sich schnell miteinander bekannt. Brié war ein aufgeschlossenes Mädchen und ging gerne auf andere Kinder zu. Vor allem deswegen, weil sie nie wusste, wann die Erwachsenen beschließen würden wieder aufzubrechen. Dann wäre es ein Jammer nicht so viel Zeit wie möglich zusammen verbracht zu haben. Die beiden buddelten am See im Sand mit dem, was Erwin von zu Hause mitbrachte. Eine gelbe Plastikschaufel, ein Sieb, ein bunter Eimer mit Stickern drauf und eine in Rot gekleidete Actionfigur, die einen Blitz auf der Brust trug. Brié baute eine Kleckerburg. Es sah aus wie ein großer Haufen Mist. Als sie sah was Erwin machte, hatte es ihr die Sprache verschlagen. Aus dem Nichts erhoben sich Türme und Mauern mit geraden Kanten und feinen Ecken, wie von einem Meister erbaut. Etwas eifersüchtig sah sie darauf herab.

„Ich hätte Lust auf Ballspielen. Machst du mit?", wollte sie von Erwin wissen.

Der schaute über die Schulter nach seinen Eltern. Die gaben ihm zu verstehen, dass es okay wäre.

„Klar, aber lass uns in der Nähe bleiben. Also so, dass Ma und Pa mich sehen können."

Brié war einverstanden. Sie grub mit dem Trick von Vater eine Kuhle in den Sand, legte den sonnengelben Gummiball zurecht und nahm Anlauf. Dann schoss sie in Erwins Richtung. Er versuchte mit ausgestrecktem Arm an ihn heran zu kommen, aber der Ball flog über seinen Kopf hinweg. Nicht einmal seine Fingerspitzen erreichten ihn.

Das Mädchen wirkte erleichtert und zufrieden.

„Vielleicht kann ich nicht so tolle Burgen bauen wie du, aber das hier liegt mir wohl besser als dir."

Die Stichelei zeigte Wirkung. Erwin knurrte wie ein kleiner Hund, dabei konnte man gut sehen, dass ihm die beiden oberen Schneidezähne gerade erst ausgefallen sein mussten.

„Haha, du siehst ja lustig aus.", lachte sie über die Grimasse des Jungen. Brié hielt sich den Bauch vor Lachen und zeigte mit dem Finger auf ihn.

„Musst du gerade sagen!", konterte Erwin gereizt zurück.

„Wenigstens fehlen mir nur zwei Zähne und außerdem läuft mir nicht ständig Rotze aus der Nase."

Brié schmierte mit hochrotem Kopf den Schnodder am Ärmel ab und gab dann gefällig zurück:

„Ich habe einem Kind in die Hand gebissen, weil ich ein Vampir bin. Deswegen fehlen die Eckzähne, du Hohlkopf."

Sie genoss das Necken und Zicken mit der Zufallsbekanntschaft. Schon immer wünschte sie sich ein Geschwisterchen, wie Erwin eins hatte, mit dem sie rumtollen, springen und tanzen und mit dem sie lachen, schreien und spielen konnte.

Ihre Eltern jedoch gaben Brié zu verstehen, dass sie keines bekäme, egal wie sehr sie danach betteln würde.

Mit stampfendem Schritt und den Fäusten geballt lief Erwin dem Ball nach. Yellow schaffte es bis in eine Hecke, wo er sich schließlich verfangen hatte und die Bewegung stoppte. Mit etwas Mühe zog der Junge ihn heraus, während er selbst zur Hälfte in dem Gestrüpp verschwand.

„Soll ich von hier schießen?", rief er so laut und deutlich, fast schreiend, wie er konnte.

„Das schaffst du eh nicht!", sagte Brié.

„Na wohl!"

Erwin wollte beweisen, dass er ein ebenso guter Fußballer war wie sie. Er warf den Ball in die Luft, wartete ab, zog das Bein zurück und holte kräftig aus.

„Daneben!"

Brié war außer sich vor Freude. Der Junge hatte nicht getroffen und fiel rücklinks auf seinen Allerwertesten. Sogar seine Eltern mussten sich das Lachen verkneifen. Er eilte sich wieder auf die Beine zu kommen, klopfte den Dreck von den Händen und trat wütend und ziellos gegen den Ball.

„Nein, Erwin. Nicht zum See!", schrie sie in seine Richtung, aber zu spät.

Der gelbe Ball plumpste ins Wasser. Dem Jungen war anzusehen, dass er es nicht mit Absicht tat. Seine Augen waren vor Schreck aufgerissen und er hielt die Hände vor den Mund. Wie erstarrt blieb er an Ort und Stelle stehen. Gehemmt und beschämt.

Brié lief dem See entgegen, versuchte so dem Ball den Weg abzuschneiden. Die Worte des älteren Mannes kamen ihr in den Sinn.

„Was, wenn er untergeht? Was wenn der nette Herr recht behielt?"

In aller Seelenruhe schwappte der gelbe Ball vom Ufer fort und steuerte geradewegs Richtung Mitte des Sees. Noch sah sie ihn. Noch konnte Brié ihn einholen. Noch war er nicht untergegangen. Das Mädchen hörte ihre Eltern rufen.

„Sei vorsichtig!" rief Vater ihr nach.

„Zieh wenigstens die Latzhose aus!", hörte sie Mutters Stimme hinter sich.

Und sie war vorsichtig und sie zog die Hose aus. Mit einem beherzten Satz sprang sie in den See hinein. Das Wasser war angenehm warm. Übereifrig machte sie die Schwimmbewegungen, die ihr beigebracht wurden. Brié dachte, dass sie den Ball auf jeden Fall erreichen würde. Der See ist überschaubar groß. Mit Leichtigkeit konnte sie sehen, was an den anderen Ufern los war. Da waren Picknicker, Badende, Spielende, Taucher, Schwimmer und Hunde, die sich über eine wohlig warme Nässe freuten.

Einige von ihnen sahen, dass ein Mädchen vom Ufer wegschwamm. Sie sahen, dass sie hinter einem Ball her war.

„Sie würden sicher helfen, wenn es brenzlig werden würde.", dachte Brié.

Die Hälfte hatte sie geschafft, aber der Ball wollte einfach nicht zur Ruhe kommen. Er war nun beinahe in der Mitte des Sees angekommen und es war noch ein ordentliches Stück zu schwimmen, um ihn einzuholen. Brié sah erschöpft auf das Festland hinter sich. Ihre Eltern saßen nicht mehr auf der Parkbank. Sie waren aufgestanden. Vater zog sich gerade das Shirt aus. Er würde ihr zu Hilfe kommen, wenn ihr die Glieder schlaff werden und wenn die Kraft in den Armen und Beinen sie verließen.

„Nur… noch… ein Bisschen. Halt an, bitte… halt an, Yellow."

Das Lieblingsspielzeug hatte kein Gewissen. Es blieb nicht ruhig auf dem Wasser liegen, wie sie es verlangte.

Dann erreichte der Ball die Mitte. Ein Blubbern und Quietschen war zu hören. Brié wunderte sich mehr, als es sie erschrak. Ein ungutes Gefühl überkam das Mädchen und sie riss ihre smaragdgrünen Augen weit auf.

„Bleib wo du bist, Yellow. Bleib gefälligst da!", warnte sie erneut und halb aus der Puste.

Und es sah gut für sie aus. Sie hatte die Mitte fast erreicht. Das Blubbern wurde stärker, das Quietschen lauter und mit einem Mal verschwand der Ball. In ihrer Verzweiflung griff sie danach. Zwecklos. Der Ball war zu weit entfernt um ihn mit den kurzen Ärmchen zu erreichen. Und dann Stille. Kein Blubbern und kein Quietschen mehr.

Ahnungslos machte Brié halt. Sie dachte darüber nach unter dem Wasser nachzusehen, aber die Angst in ihr war zu stark. Als ihr nichts einfiel, fing sie an zu weinen.

Sorgenvoll blickte das zarte Mädchen hinter sich und sah, wie weit der Rückweg war, der noch vor ihr lag. In großen Kullern rollten die Tränen über ihr Gesicht.

Es wäre leichter gewesen mit dem Gummiball als Unterstützung zurückzuschwimmen. Sie hätte ihn an die Brust geklammert und mit den Armen eingeklemmt. Das war ihr Plan.

Briés grüne Augen waren so gerötet, dass sie nur eine wage Ahnung hatte, ob jemand am Seeufer auf sie wartete. Sie konnte weder Vater noch Mutter noch sonst wen erkennen.

„Papa, wo bist du?", rief sie verzweifelt. Keine Reaktion.

„Mama, es ist so anstrengend!" Auch diesmal blieb eine Antwort aus.

Jetzt machte sie sich noch mehr Sorgen. Sie beschloss kurz innezuhalten, ihre wenigen Reserven zu sparen und sich treibenzulassen. Doch der Wind wurde stärker und vereitelte das Vorhaben, denn nun schlugen Wellen in ihr Gesicht und ließen sie Wasser schlucken. Zudem hatte das Mädchen das Gefühl, als würde der See deutlich abkühlen.

Dann horchte sie auf.

Die Geräusche auf der anderen Seite des Sees waren verstummt.

„Wo sind denn alle hin?", schrie sie verzweifelt dem Festland entgegen.

Wo vorher ein Radio Musik spielte oder ein Hund sein Spielzeug anbellte und da wo Schwimmer das Wasser verdrängten und Kinder am Strand spielten, war es ruhig geworden.

Nun bekam das Mädchen Panik. Brié fing an am ganzen Leib zu zittern, ihre Schwimmbewegungen wurden hektischer und weniger filigran. Weder sah sie was vor ihr lag, noch hörte sie etwas anderes als ihr eigenes Wimmern und das Verdrängen des Wassers durch ihre eigenen Beine und Arme.

In Bächen fielen salzige Tränen über ihre Lippen und vermischten sich mit dem Wasser des Sees. Immer wieder kippte ihr Kopf ab und sank unter. Die Zöpfe hielten ihr Haar nicht länger gebannt und es peitschte ihr ins Gesicht. Sie verlor eine ihrer Socken, die sie in der Besorgnis Yellow zu erwischen, angelassen hatte und das gelbe vollgesogene Hemdchen hing mit jeder Sekunde schwerer an ihrem Leib herunter.

„Wo ist das Ufer?", rief sie nach vorne.

„Wo ist das Ufer? Wo ist das Ufer? Wo ist das Ufer?"

Kapitel 2

„Hier her, kleine Brié!"

Endlich hörte sie eine Stimme. Es war keine allzu bekannte Stimme, nicht die von Vater, oder Mutter, aber Jemand, der ihr den Weg zu finden half und der ihr Halt gab, wenn sie ihn am nötigsten brauchte.

In der Ferne sah sie etwas schwenken. Einen Arm. Ein geröteter, beleibter Arm wies ihr die Richtung.

„Hier her, kleines Fräulein! Hier her! Du hast es fast geschafft! Nur noch ein kleines Stückchen. Komm schon!"

Es war Rudi. Nie hatte sie sich über einen merkwürdigen Kauz mehr gefreut, als in diesem Moment. Rudi winkte nicht nur, sondern warf ihr etwas zu.

„Hier, halt dich daran fest, Kleine!"

Er hatte einen weiß-roten Rettungsring hineingeworfen, der an ein Tau gebunden war. Diese Hilfsmittel waren überall, rund um den See, in Glaskästen verteilt. Brié wunderte sich sehr darüber, dass niemand anderes auf eine derartige Idee gekommen war. Sie wunderte sich auch darüber, dass kein Schwimmer ihr zu Hilfe eilte, als sie schwach und nach Luft ringend, ihrem Ball hinterherjagte.

Und war nicht ihr Vater bereits auf dem Weg ins Wasser, als sie inmitten des Sees schwamm? Und wartete nicht Mutter am Rande und holte vielleicht per Telefon Verstärkung in Form eines Rettungswagens, für den Fall der Fälle? Und wo war Erwin abgeblieben? Brié sah sich um. Sie klammerte sich mit ihren verbliebenen Kräften an den Ring und ließ sich von Rudi ans Ufer ziehen. Das Mädchen sah niemanden, nur den dickbäuchigen älteren Herrn, der ihr half, unbeschadet an Land zu kommen.

„Das war knapp, kleine Lady. Sehr, sehr knapp. Um Haaresbreite wärs um dich geschehen. So ein Jammer wäre das. So ein furchtbarer Verlust, wo dir und deinem klugen Köpfchen doch in nicht allzu ferner Zukunft alle Türen offenständen."

Sie hörte was Rudi sagte, als sie endlich festen Boden unter sich spürte, aber mehr interessierte sie, wo die Familien und Gäste und vor allem, wo ihre Eltern abgeblieben waren. Hustend und keuchend, die Augen rot und gereizt, staken ihre Knie und Hände im Sand.

„Wo… wo sind denn alle hin?", wollte sie wissen. Rudi verstand das Gebrabbel nur schwer. Wasser kam aus dem Mund und aus der Nase, beinahe hätte sie sich übergeben. Die Glieder zitterten wie Espenlaub.

„Ruh dich erstmal aus, Brié." Der ältere Herr reichte ihr ein Handtuch. Anschließend übergab er ihr die Latzhose und die Schuhe. Mit einem kleineren Handtuch trocknete er ihren Kopf und richtete, so gut er konnte, ihr helles Haar.

„Wie neu. Die Zöpfe hab ich gut hinbekommen. Ich würde sagen, du musst es mir einfach glauben, denn einen Spiegel trage ich zurzeit nicht bei mir."

Sie lächelte ihn traurig an. Dann senkte sie den Kopf und sah an sich herab. Eine nasse Socke hatte sie noch an. Die andere war verlorengegangen. Das lange Hemdchen steckte zerknittert und halbherzig ausgewrungen in der Hose, die bereits feucht wurde.

„Mutter wird schimpfen, sobald sie mich findet. Ich behielt die nassen Sachen an und zog trockene drüber. Sicher bekomme ich einen Schnupfen und kann nicht in die Schule gehen."

„Mach dir nichts daraus.", sagte Rudi.

„Ich glaube sie kann froh sein, dass du unbeschadet davongekommen bist."

„Dieser dumme Junge…", beschwerte sich Brié.

„Meinst du Erwin?"

„Ja! Er hat meinen Ball ins Wasser geschossen. Er hat Yellow auf dem Gewissen."

Rudi dachte nach. Er kämpfte mit sich, ob er Brié die Wahrheit über den See erzählen sollte.

„Was ist, Rudi Raubach? Du wirkst etwas nachdenklich."

„Kleine schlaue Brié.", wisperte er.

„Es fällt wahrscheinlich nicht nur mir schwer, etwas vor dir geheim zu halten."

„Raus damit. Was ist los?", ließ sie nicht locker.

Und Rudi beschloss, ihr die Geschichte über den See zu erzählen.

Kapitel 3

„Mit diesem See stimmt etwas nicht. Alle merken es, wenn sie der Mitte zu nahekommen, doch keiner ist mutig genug darüber offen zu sprechen. Weißt du was darin lauert, kleine Brié?"

Sie schüttelte den Kopf.

„Vor vielen, vielen Jahren ist ein Junge, etwa in deinem Alter würde ich schätzen, im See ertrunken. Er war ein guter Schwimmer, genau wie du, aber eines Tages hatte er es übertrieben. Er schwamm bis zur Mitte und dann…"

„Was dann?", fragte Brié neugierig nach.

„Dann riss ihn etwas in die Tiefe. Die Leute berichteten von einem Blubbern, dass sie sehen konnten und einem Quietschen, dass laut und deutlich zu hören war, kurz bevor der Junge in die Tiefe hinabgezogen wurde.

Viele waren an dem Tag hier. Wie heute war es Sommer und warm und schön. Als der Junge nicht wieder auftauchte, alarmierte man Rettungskräfte, die nach ihm suchen sollten. Die ihn bergen sollten."

„Und haben sie ihn gefunden?"

Brie war gefesselt und erschaudert von der Geschichte. Sie saß im Sand, nahe des Wassers, hatte die Arme um die Beine geschlungen und hörte gebannt, mit aufgerissenen Augen, Rudi beim Reden zu.

„Nein. Auch nach stundenlanger Suche war von dem Jungen nichts zu finden. Keine Spur. Nicht einmal ein Anhaltspunkt. Die Medien, damals die Zeitung, wurden zum Schweigen verdonnert. Es gab keine Berichte über den Vorfall, ganz so, als wolle man die Angelegenheit unter den Teppich kehren.“

„Aber warum?“, fragte Brié. „Seine Familie hat doch sicher nicht aufgegeben, stimmts?“

„Weil das, was hier lauert, ein Geheimnis ist. Ein Geheimnis der Sorte, die die Menschen niemals erfahren dürften. Sie sollten nicht darüber sprechen, sie durften keine Nachforschungen betreiben.

Die Eltern des Jungen waren entsetzt darüber. Sie versuchten sich gegen die Anweisungen zu widersetzen, aber dann verschwanden auch sie spurlos.“

„In dem See?“, unterbrach das Mädchen ihn abermals.

„Nicht doch. Sie verschwanden anderswie.“

„So wie meine Eltern?“

„Die sind nicht verschwunden.“

„Aber ich kann sie nicht sehen. Niemanden.“

Brié stand auf und sah sich um. Die Parkbänke waren leer. Keine Kinder spielten im Sand, oder am Wasser, kein Hund jagte über die Wiesen und niemand picknickte gemütlich im Schatten der Bäume.

Als sie sich abermals umdrehte, war auch Rudi verschwunden.

Sie rief nach ihm.

„Rudi? Rudi!“

Verwundert blieb sie an Ort und Stelle und horchte. Sie fasste sich an den Kopf. Angestrengt dachte sie nach, aber ihr kam nicht in den Sinn, wieso auch er plötzlich verschwand. Brié sah weder Tiere noch Menschen irgendwo, noch Vögel vorbeifliegen. Es war kein Laut und kein Geräusch zu hören. Nur den Wind konnte sie fühlen und in den Baumkronen sehen, wie er ihr zuflüsterte und als Einziger mit ihr sprach.

„Was mach ich denn jetzt?", fragte sie in die Leere.

Ein kleiner Teil von ihr überrumpelte die Logik. Diesen Teil ließ sie nun frei und Entscheidungen treffen.

„Wenn keiner da ist und der See so gefährlich ist, sollte ich besser aufbrechen."

Und das tat sie dann auch. Brié überlegte, welche Richtung die geeignetste wäre. Von hier sah sie nicht genau, was auf der anderen Seite des Sees war. Zwar konnte sie die Umrisse der dicken Eichen erkennen, aber Stimmen oder Anderes fehlte. Dennoch beschloss sie sicherheitshalber einmal herum zu laufen. Der Wind schien ihr zu folgen und wurde zu einem ständigen Begleiter. Das war besser als nichts. Schließlich konnte sie sich dadurch einbilden nicht allein unterwegs zu sein.

Auf der anderen Seite war es menschenleer. Sie sah in die Hecken hinein, entdeckte Krabbelgetier, aber außer diesen nicht die geringste Spur von Leben. Sie hoffte, dass vielleicht hier ein paar Vögel nisteten, oder ein Eichhörnchen versuchte eine Nuss zu knacken, das mit dieser im Maul ihren Weg kreuzte. Dergleichen trat nicht ein. Sie sah aufs Wasser hinaus. Das Blubbern und das Quietschen waren auch verschwunden. So sehr sie sich auch konzentrierte und die Ohren spitzte, es war kein Laut da. Nur der Wind blies ihr warm durch die Ohren und durchs blonde Haar.

Brié machte die Runde auf der anderen Seite zurück und wie zu erwarten war, war auch hier nur Stille.

Am Ausgangspunkt angekommen überlegte sie, das Stückchen Wald zu durchqueren, um auf den Parkplatz zu gelangen. Bei dem Gedanken daran allein umherzuwandern, wurde ihr mulmig. Ein kalter Schauer brauste über ihren Rücken hinweg, aber die Sonnenstrahlen, die dem gruseligen Wald das furchterregende Antlitz nahmen und alles erhellten, ließen dem kleinen Mädchen den nötigen Mut aufbringen, es einmal zu wagen. Sie machte ihre ersten Schritte.

„Ausgerechnet hier werde ich bestimmt auf Wildschweine oder Wölfe treffen. Hirsche, Rehe und Igel wären mir aber lieber."

Ihre Angst blieb unbegründet. Der Wald war wie leergefegt. Zu ihrem Schutz las sie zwei etwas dickere Stöcke auf, um sich zur Not wehren zu können, aber nachdem sie das Waldstück hinter sich gelassen hatte, warf sie sie von sich.

„Merkwürdig."

Brié sah sich die parkenden Autos genau an. Zunächst aus der Ferne. Ihr fiel auf, dass es deutlich mehr waren als heute Morgen. Auf den zweiten Blick schienen die Fahrzeuge, ausnahmslos jedes Einzelne, lange nicht bewegt worden zu sein. Sie waren eingestaubt und erweckten den Eindruck nicht fahrtauglich zu sein. Natürlich kannte sie sich in solchen Belangen nicht gut genug aus, aber der feste Dreck und Roststellen, sowie eingestaubte Frontscheiben ließen darauf schließen.

Sie sah in ein fremdes Auto hinein. Selbst die Sitze wirkten lange unberührt. Auf dem Lenkrad und den Armaturen hatte sich gelber und gräulicher Staub angesetzt.

„Das kann doch unmöglich so schnell passiert sein?", schlussfolgerte sie.

Dann spähte sie nach ihrem blauen Wagen. Die Idee ihn am Nummernschild ausfindig zu machen, hatte sie über Bord geworfen. Diese waren vergilbt, wirkten brüchig und kleine grüne Rankenpflanzen verbargen die Zahlen und Buchstaben darauf. So sah es bei allen nahe am Wald geparkten Autos aus. Ein Fünkchen Freude keimte doch noch in ihr auf, als sie es schließlich fand. Trotz der von der Sonne verfärbten Lackierung und dem Dreck, der das schöne metallicblau unter sich vergrub, hatte sie es erkennen können.

Links und rechts daneben standen ebenfalls Autos. Sie sahen nicht anders aus. Alle trieften vor Dreck. Das eine schien sogar angehoben. Brié sah unter dem fremden Fahrzeug nach. Ein Erdhügel ragte aus dem Boden heraus, der mit Moos bewachsen war und das Vorderrad in der Luft schweben ließ. Danach bemühte sie sich zwischen die Autos und erhaschte einen Blick ins Innere ihres Wagens, nachdem sie den Staub mit der Hand abwischte.

Briés Stirn legte sich in Falten vor Verwunderung, als hätte sie mit einem anderen Anblick gerechnet. Aber auch dort war alles schmutzig und porös. Die Polster der Sitze waren rissig, der Fußraum war an manchen Stellen eingebeult, an manchen aufgerissen und ließ Ranken und Wurzelwerk ein.

Sie wollte schon anfangen zu weinen, begriff aber, dass dies nichts ändern würde. Sie beschloss stark zu bleiben und nach dem Grund für all dies suchen. Es musste einen geben, da war sie sich sicher.

Im Ganzen betrachtet sah der Parkplatz unberührt aus, als hätte der letzte Mensch vor Jahren einen Fuß auf ihn gesetzt.

Brié sah auf die Einfahrt. Ihr fiel eine olivgrüne Telefonzelle ein, an der sie vorbeigefahren waren, das konnten höchstens zwei oder drei Minuten Autofahrt gewesen sein. Sie wusste noch, dass da Häuser standen. Einfamilienhäuser mit großzügigen Gärten und hübschen Zäunen darum. Dann ließ sie sich von ihren Erinnerungen treiben und einen kurzen Moment darin schwelgen. Sie selbst hatten auch ein großes Haus mit Garten. Lange versuchte sie Mutter zu überreden einen Pool aufstellen zu lassen.

Eine Schaukel, einen Buddelkasten, ein Spielhaus aus Holz, einen Mini-Spielplatz und ein Fußballtor hatte sie bereits, aber da war noch immer Platz für mehr.

Brié beschloss, sich auf den Weg zu machen. Sie ging in die Richtung, aus der sie heute Morgen kamen.

Vielleicht würden ihr Leute begegnen, die ihr helfen konnten. Und wenn nicht, würde sie in der Telefonzelle den Notruf wählen. Viele gab es davon nicht mehr, aber ihr Vater sprach oft davon, dass man früher keine Telefone hatte, die man mit sich führen konnte und diese kleinen Häuschen sehr nützlich waren.

Das Mädchen erlebte diese Zeiten nicht mehr mit. Sie wuchs mit Smartphones auf, mit Brillen, die Filme abspielten und mit kleinen Chips hinter den Ohren, mit denen man mit anderen sprechen konnte, sogar wortlos. Sie erinnerte sich, dass sie nach diesem Ohr-Ding gefragt hatte, aber es gab eine Altersbeschränkung, was Brié ziemlich nervte.

Das junge Mädchen lief vom Parkplatz und sah sich um. Auf der Straße war kein Lärm. Die leisen Fahrzeuge, die mit

Strom und dergleichen liefen, waren zwar leiser als ihre älteren Urzeitmotorenkraftschleuderer, aber da war weder ein Piepsen, noch ein Röhren zu hören. Sie bemerkte die Risse auf der Straße. Vater sagte ihr immer, dass die vom sich Ausdehnen und wieder Zusammenziehen durch Kälte, Nässe und Wärme entstanden und das das den Asphalt kaputt machte mit der Zeit. Brié strengte sich an, konnte aber nicht sagen, ob die Spalten vorher schon dagewesen waren.

Sie dachte an die Autofahrt zum See zurück, ob irgendetwas in ihrer Erinnerung darauf schließen ließ, dass es so gewesen sein könnte, aber da war nichts. Sie erinnerte sich an keine Dellen, keine Schlaglöcher und keine leichten Ausweichmanöver, um die Reifen zu schonen. Je mehr sie sich anstrengte, desto schwieriger fand sie es, überhaupt ein Bild von vor dem Aufenthalt am See zu bekommen. Nur die Telefonzelle und die Einfamilienhäuser hatte sie vor Augen, als stände sie direkt davor.

Brié spürte den Wind wieder stärker, als sie mitten vor der Einfahrt stand, die zum Parkplatz führte. Sie sah auf die Bäume, die in Reih und Glied auf beiden Seiten der Straße standen und die sonst Vögel benutzten, um ihre Küken aufzuziehen. Aber sie konnte weder etwas Rascheln hören noch irgendwelche Bewegungen wahrnehmen. Vielleicht war es auch schon zu sommerlich für Küken gewesen. Die Allee war hell erleuchtet. Die Mittagssonne glühte förmlich und machte es Brié, selbst mit den luftigen Klamotten, die mittlerweile getrocknet waren, nicht leicht es zu ertragen. Sie spürte, wie warm ihre Arme waren und wünschte sich ihre Mutter herbei, die sie mit Sonnenmilch einrieb, damit einem Sonnenbrand vorgebeugt wäre.

Etwas entfernt konnte sie eine Ampel erkennen. Sie war anscheinend abgeschaltet, denn weder sah sie ein rotes noch ein grünes Licht.

„Ist der Strom etwa auch weg? Wenn das so wäre…", dachte sie, „wie sollten dann Telefonzellen funktionieren?"

Sie musste es zumindest probieren. Etwas Besseres fiel ihr im Moment nicht ein. Da war kein kluger Gedanke, oder eine fixe Idee in ihrem Kopf. Nur die Hoffnung, dass sie jemanden erreichen könnte. Sie lief in die Richtung, aus der sie morgens gekommen waren. Die Ampel rückte näher. Sie stand schief im Boden auf dem Bordstein, der keine geraden Ebenen mehr aufwies.

Die Steine waren an einigen Stellen nach oben gedrückt worden, an anderen eingesackt. Brié wurde nicht schlau daraus. Auch die anderen Verkehrsschilder und Straßen waren zertrümmert. Hinter der Ampel war eine große Kreuzung. Da musste sie nach links. Hier standen Bäume in der Mitte der Fahrbahn, die die Seiten voneinander trennten. Zu ihrem Erstaunen sahen sie weniger mitgenommen aus, als der Rest des Weges, den sie bereits zurückgelegt hatte. Die Häuser und Wohnblocks schienen ebenfalls in Schuss geblieben zu sein, aber das ließ sich von weiter weg schwer einschätzen. Zwischen den Birken musste irgendwo die Telefonzelle stehen, mit fast demselben Grünton wie das Gras darunter und die Blätter an den Ästen der weiß-schwarzen Rindenfärbung. Ihr ständiger und einziger Begleiter, der Wind, folgte ihr auf Schritt und Tritt. Er folgte ihr überall hin. Die Luft roch frisch, ebenso frisch wie am See selbst. In der Stadt hatte sie anderes erwartet, wurde aber enttäuscht. Brié wusste nicht, was sie davon halten sollte.

Natürlich war sie lieber in ruhig gelegenen Gebieten, wie einem Wald, oder eben jenem See unterwegs, auch wegen des Geruchs nach Unverkommenheit und Natur, aber hier?

Hier sollte es nach Elektrosmog und nach giftigen Dämpfen riechen, die die Ozonschicht schädigen. Hier sollten Fußgänger rauchend über die Wege laufen, hektisch, gestresst und beschäftigt. Sie sollten einkaufen, oder zur Arbeit fahren. Sie sollten ihr Essen beim Laufen hinunterschlingen, Burger, Pizza, Pommes, Currywurst und was sonst noch schnell ging, um keine Zeit zu verlieren.

Brié war froh gewesen, dass ihre Eltern ruhigere Zeitgenossen waren. Sie nahmen sich Zeit für die Mahle, aßen gemeinsam und in Ruhe. Auch die Arbeit stand nicht an erster Stelle, wie bei den Meisten heutzutage. Priorität hatte immer die Familie und das Miteinander in einer sich ständig wandelnden Welt.

Ein Gefühl von Heimweh überkam sie.

Als sie die Telefonzelle erreichte, wunderte sie sich etwas über deren Zustand. Sie sah noch immer aus wie vorher, besser vielleicht sogar, was den Umständen entsprechend an Merkwürdigkeit für Brié hervorzuheben war.

Sie spürte Hoffnung in sich aufkeimen.

Langsam, mit pochendem Herzen, näherte sie sich dem Kasten. Die Scheiben waren wie frisch geputzt. Das Grün an den Wänden sah neu aus. Als hätte jemand erst vor kurzem Lackschäden ausgebessert, etwaige Kratzer und Abplatzungen beseitigt und eine Grundsanierung vorgenommen. Brié griff nach dem schwarzen Hebel und atmete tief ein, dabei schloss sie ihre Augen, so als würde sie sich etwas im Geheimen wünschen. Die Tür ließ sich nur schwer öffnen. Sie brauchte beide Hände und einen ganzen Batzen Kraft, um sie einen Spalt aufzubekommen, durch den das Mädchen hineinschlüpfen konnte. Aber es gelang ihr schließlich.

Dann staunte sie nicht schlecht. Eine Entkernung wäre hier ebenfalls angebracht gewesen, aber so schön die Telefonzelle von außen auch aussah, drinnen war sie zerlumpt. Es stank fürchterlich nach Urin, der halb aufgeplatzte Plastikhörer hing an einer dicken, klebrigen Metallschnur herunter, die Zahlen auf den Tasten waren schwer zu erkennen und in einer Ecke lag ein Haufen von etwas, dass Brié nicht näher betrachten wollte. Sie hielt sich vor Ekel die Nase zu und rang mit sich, besiegt vor Spielbeginn, den Rücktritt anzutreten. Eine Überlegung war, einen ihrer Schuhe in der Tür einzuklemmen, aber dann wäre sie dem klebrigen Boden schutzlos ausgeliefert. Eine zweite Idee fiel ihr noch ein, aber einfach die Scheiben zerdeppern, das kam für die kleine Brié nicht infrage.

„Augen zu und durch.", hörte sie ihren Vater im Kopf sprechen.

Angewidert nahm sie den Hörer in die Hand und wählte den Notruf. Sie erinnerte sich daran, wie ihre Mutter ihr diese wichtigen Zahlen einbläute. Immer und immer wiederholte sie es mit ihr, bis Brié buchstäblich im Halbschlaf Name, Adresse, Stadt, Geburtsdatum, Name der Eltern und die Namen der Großeltern aufsagen konnte. Sie wusste wie man sich bei einem Brand verhielt, was bei einem Stromausfall zu beachten ist und wie im Ausnahmezustand gehandelt werden müsste.

Endlich verstand sie es, aber jetzt, da sie in einer Ausnahmesituation drinsteckte, hätte sie mit Kusshand ihre normalen Gegebenheiten zurückgenommen, wenn es ihr angeboten worden wäre.

Lieber würde sie noch tausend Mal darauf vorbereitet werden, als nur einmal in Schwierigkeiten zu geraten.

Es tutete. Nichts geschah. Sie legte den Hörer auf, nahm ihn wieder ab und versuchte es erneut.

Tut-tut-tut. Immer noch kein Freizeichen.

„Hallo?", fragte Brié nüchtern dem Rauschen entgegen, welches von nirgendwoher zu stammen schien. Natürlich war ihr klar, die Wahrscheinlichkeit einen Menschen auf der anderen Leitung zu erreichen war verschwindend gering, vor allem nachdem, was sie heute erlebt hatte, aber ihr wurde beigebracht, dass die Hoffnung bekanntlich zuletzt stirbt und - so Vaters Worte - lass den Kopf nicht hängen, egal wie schwer alles scheint.

Sie legte auf und huschte aus der Telefonzelle. Im Gras sitzend ruhte sie sich aus. Erholte sich und ihre Nase von dem ekligen Gestank. Für den Moment genoss das Mädchen einfach die frische Luft und das weiche Gras unter sich.

„Dämlich. Strom scheint drin zu sein, aber keiner der helfen kann. Wie dämlich."

Allmählich machte sich ein Hungergefühl in ihr breit, dass nun zu laut wurde, um es länger ignorieren zu können. Sie hielt sich den Magen und verzog das Gesicht. Dann fühlte sie einen Gegenstand in der kleinen Tasche der Latzhose.

„Ist das…? Natürlich!"

Brié öffnete den Druckknopf, fasste in die kleine Öffnung und holte das Geldstück heraus, dass sie im Sand am See gefunden hatte.

Jetzt ratterte der blonde Kopf wieder auf Hochtouren. Sie schlug mit den Fäusten sanft gegen die Stirn.

„Denk nach, Brié. Denk nach."

Sie hatte Schwierigkeiten, sich bei dem Magenknurren ordentlich zu konzentrieren. Die Zahlen verschiedener Telefonnummern tanzten in ihrem Kopf umher und ließen sich nur schwer ordnen. Die erste, die ihr einfiel, war die von Onkel Tobias, dem Bruder ihres Vaters Alexander.

Da waren sie, die wichtigen Zahlen.

„Jetzt bloß keine Zeit verlieren."

Brié beeilte sich in die Telefonzelle zu kommen. Diesmal setzte sie gleich mehr Kraft ein und zog die Tür schneller beiseite. Sie griff nach dem Hörer, blendete den Gestank aus und tippte die Zahlen ein, nachdem sie das Geldstück im Schlitz versenkt hatte.

Die Sekunden, die das Telefon brauchte, um ihre Ziffern im System nachzuvollziehen, kamen ihr endlos lang vor. Brié tippelte auf der Stelle. Die gelben Schuhe klackerten auf dem klebrigen Boden nervös hin und her.

Es tutete. Ein Freizeichen.

„Nimm ab, Onkel Tobi, nimm ab!"

Wenn jetzt noch jemand an das Telefon gehen würde, wäre der Tag für Brié gerettet. Aber da war niemand auf der anderen Seite.

Entweder war keiner zu Hause, oder auch dort, bei Tobias, war etwas Ungewöhnliches vorgefallen.

Wütend schmiss sie den Hörer gegen den Telefonkasten, was ihn auseinanderfallen ließ.

Kapitel 4

Aus Gewohnheit sah sie vor der Straßenüberquerung nach links und rechts. Trotz der Leere, immer noch waren weder Mensch noch Tier aufgetaucht, stellte sie sicher, dass sie kein herannahendes Fahrzeugt erwischte. Sie ging gemütlich über die Straße, den Kopf dabei hängen lassend, als wäre er aus Blei und orientierte sich neu. So langsam zweifelte sie.

Brié wusste nicht was passiert war, als sie auf dem See war, sie wusste nicht wo die Leute abgeblieben waren, sie wusste nicht einmal wo Vater und Mutter abgeblieben waren. Sie konnte sich nicht vorstellen, dass sie sie freiwillig verlassen hatten. Warum auch?

Und die anderen Menschen? Und die Tiere? Was ist mit den leeren Straßen und dem Parkplatz? Die Zeit machte sich einen Spaß daraus und wirkte als wäre sie rasant vorangeschritten. Aber nicht für das kleine Mädchen. Sie kannte keine Antworten. Sie suchte danach.

Die Hitze wurde immer unerträglicher. Brié beschloss ein paar ihrer Klamotten auszuziehen. Sie faltete die Latzhose und legte sie zusammen mit den Schuhen und der Socke sanft auf eine niedrige Ziegelsteinmauer, hinter der ein Beet angelegt war, in dem vertrocknete Blumen traurig zu Boden schielten. Das Beet gehörte zu einem blauen Haus.

„Euch fehlt das Wasser.", stellte sie mitfühlend fest.

„Ich sollte euch gießen."

In der Tür zum blauen Haus war eine Klappe eingebaut, durch die ein kleiner Hund oder eine Katze gepasst hätte. Wie verzaubert starrte Brié die Klappe an. Lange. Dann noch länger.

Sie stand einfach da, in ihrem gelben Hemdchen, dass jetzt als Kleid diente und fast bis zu den Knien reichte.

Die Klappe bewegte sich. Das Mädchen wusste, es kann nur der Wind gewesen sein, der ihr einen Streich spielte, aber was, wenn nicht? Das Mädchen wartete weiter ab. Es wartete auf ein Zeichen. Irgendetwas.

„Und wenn jetzt doch ein kleiner Mops durchkommt? Oder ein Jack Russel? Oder ein Spitz? Oder ein Chihuahua? Was wenn ich einfach gehe? Dann muss er verhungern und die Blumen im Beet würden vertrocknen."

Kaum sprach sie vom Essen, meldete sich auch schon der Hunger zurück. Noch lauter und wilder brummte ihr Magen.

„Vielleicht pass ich durch die Luke. Aber es wäre Hausfriedensbruch. Ein Verbrechen."

Sie war gezwungen abzuwägen, ob sie ein braves Mädchen sein wollte, das in der Sonne schmorte und keinesfalls auf Hilfe hoffen durfte, oder mit zarten sieben Jahren bereits in ein Haus, das vermutlich leer stand, einstieg, um den Kühlschrank zu plündern, um einem vermeintlich freundlichen Vierbeiner einen Festtagsschmaus zu bereiten und verdurstenden Pflanzen etwas zu trinken zu bringen.

Brié konzentrierte sich auf die Stimmen in ihrem Kopf.

„Vater, was würdest du tun? Ist es eine Straftat in meiner Situation?"

Ist es nicht.

Das Mädchen bückte sich zu der Klappe vor. Sie sah an sich herab um abzuschätzen, ob sie hineinpassen würde. Ihre Arme waren schlank, ebenso wie ihr Kreuz. Auch die Beine sollten schmächtig genug sein, um hindurch zu gelangen. Brié war durchaus sportlich und drahtig gebaut. Ihre Kraft sah man ihr nicht an. Da war kein Kinderspeck mehr und kein Gramm zu viel. Für ihr Alter war sie fitter als die Meisten, die sie aus der Schule kannte. Kräftemäßig konnte sie mit den Jungs mithalten, bewahrte sich im Gegenzug jedoch ihre filigrane Statur.

Viel Bewegung, viel Beschäftigung und viel innerer Antrieb machten aus ihr was sie war.

Zum Großteil daran beteiligt war ihr Vater, der sie lieber zur Beschäftigung raus in den Garten schickte und mit ihr oft Verstecken und Fange spielte, als das Kind stundenlang vor den Fernseher zu setzen.

Ihre Mutter brachte sie einmal die Woche zum Reiten, einmal zum Tennis und einmal zum Schach. Auch die Ernährung spielte mit rein. Sie kochten zu Hause selbst, was für heutige Verhältnisse aus der Mode zu kommen schien. Es gab täglich ausgewogene Zutaten, gesunde, kräftigende und sättigende. Sie aß auch nie mehr als nötig, selbst, wenn Vater einmal den Fernseher aus irgendwelchen Gründen laufen ließ und Brié Gefahr lief, sich davon zu sehr ablenken zu lassen, aber das tat sie nicht. Sie hörte auf zu essen, wenn sie satt genug war.

Brié beschloss durch die Klappe zu lugen. Mit der Hand schob sie die Schwenktür nach Innen. Ein Strom kühle Luft schlug ihr ins Gesicht. Ein willkommener Temperaturabfall. Sie sah sich vorsichtig um.

Da waren helle marmorierte Fliesen, ein schwarzer Dreifuß einer Hutablage von der ein dicker Mantel und ein Schal runter hingen, daneben eine dunkle, hölzerne Kommode mit paarweise gusseisernen Griffen an jeder der drei Schubladen und oben drauf standen drei Kerzenhalter aus Eisen mit runtergebrannten Dochten in cremefarben und eine Katzentoilette mit Dach stand in einer Ecke auf der anderen Seite bei den Schuhen, die auf einer schwarzen Matte Platz fanden. Der Vorflur war königsblau angestrichen, die Decke weiß.

„Hallo? Wer da?", betonte Brié leise zurückhaltend, eher aus formellem Grund, als aus Anlass zu glauben, dass hier noch irgendjemand antworten würde.

„Ich komme jetzt rein… Irgendwelche Einwände?"
Stille.

Diesmal hoffte sie sogar darauf, dass nichts geschehen würde. Dass nicht einer um die Ecke kam, der sie zum Teufel jagen würde, oder schlimmer noch, an ihr zerrte, sie festhielt und einsperrte.

Als sie durchgekrabbelt war, stieg der Geruch von Ammoniak in ihre Nase auf. Sie hielt die Hand vors Gesicht und stellte sich hin. Der Flur führte in eine offene, rot spiegelnde Küche und in das Wohnzimmer. Die Sitzgelegenheiten dort waren meist aus Leder, oder Kunstleder, aber in kräftige knallige Farben gehüllt. Die Schrankwände und Regale, die allesamt aus Holz waren, wirkten massiv. Für Brié machte es den Anschein als wären die Möbel wie aus einem einzigen Stammstück geschlagen und anschließend mit einer verdunkelnden Lasur überzogen worden, die leicht schimmerte und glänzte. Überall verteilt standen kleinere und größere Figuren darin. Schwarze Drachen und weiße Engel, Silberne

Zinnmännchen und braune Holzboote, eine Glaskugel, in einer unbehandelten Tonvase ragten künstliche Blumen in lila, gelb und blau heraus. Es gab kein Regal, kein Fach, das leer stand. Hinter der Couch, direkt vor der Kochinsel, die die beiden Räume teilte, war ein dreistöckiges Sideboard auf verschnörkelten Füßen, in dem Bücher untergebracht waren. Es maß etwa die Größe von Brié. Vielleicht ein paar Zentimeter mehr.

Sie staunte, als sie alles näher betrachtete und kein einziges Körnchen Staub fand. Auch die Auflageflächen schienen gestern erst geputzt worden zu sein. Selbst der gemusterte haselnussbraune Holzboden, der vor der Couch knarzte und im Gang einige Male nachgab, sah aus wie geleckt.

Eine beliebte Holzhausbauart, wie man sie in den westlichen Ländern oft vorfand und die nach und nach auch anderswo immer häufiger imitiert wurde.

An der weißen Decke prangte ein schwerer eiserner Kronleuchter mit LED-Kerzenoptik. Er sah aus wie selbst gefertigt. Auf dem Beistelltisch, in der Mitte zwischen Fernseher, Sofa und Sessel, lagen mehrere Fernbedienungen. Brié kannte sich nicht sonderlich gut mit solchen Dingen aus und nahm die bunteste zuerst. Hier waren noch echte Knöpfe drauf. Kein Touchpadquatsch oder eine Sprachsteuerung.

Sie drückte auf die Zahl eins. Es ertönte ein schleifendes Geräusch in der Nähe des TV-Geräts und im Anschluss folgte Musik, alte Musik, die aus den Wänden im ganzen Haus schallte.

Sie drückte auf die Pfeiltasten, um die Lautstärke zu regulieren, aber stattdessen antwortete das verborgene Gerät abermals mit eben jenem Schleifgeräusch und spielte einen anderen Song ab. Das Mädchen war verwirrt, ein bisschen überfordert. Das Lied war in einer Sprache, die sie nicht verstand. Hektisch drückte sie auf die Tasten. Diesmal die, mit dem -V- und einem Minus dahinter.

Eine entsprechende Wirkung trat ein und die Melodie wurde leiser. Brié ließ sich, durch den Krach aus der Ruhe gebracht, auf den roten Ledersessel fallen und prustete erschöpft aus.

Dann schmulte sie zur Küche herüber. Der Wasserhahn am Spülbecken hatte eine verlockende Wirkung auf das Mädchen. Sie sah hinauf zu den Hängeschränken, dann wieder zurück, auf der Suche nach einer Erhöhung. Brié würde bestimmt auch ohne Hilfsmittel auf die Arbeitsplatte kraxeln können, aber ihr war es wichtig nichts kaputt zu machen. Was würden denn die Hausherren von ihr halten, wenn diese, von wo auch immer, zurückkämen und Kratzer oder Furchen vorfinden würden. Nein, Vater und Mutter hatten sie besseres gelehrt. Sie wurde anders erzogen.

Es war ihr wichtig was andere von ihr hielten, selbst wenn sie den Eigentümern keine Rechenschaft ablegen müsste.

Ein hölzerner, mit beigem Stoff bezogener, Schemel stand unter dem Sofatisch. Sie zog ihn vor und trug ihn in die Küche. Als sie sich darauf stellte freute sich die kleine Brié, dass sie an die Schränke heran reichte. Sie öffnete eine Tür auf der Suche nach einem Glas. Das Mädchen fand Tee, Kekse, Schüsseln, Backwaren, Tassen und auch Gläser.

Sie schnappte sich eines und stellte es auf die dunkle Marmorarbeitsplatte. Anschließend drehte sie am Wasserhahn. Vorsichtig hielt sie einen Finger darunter. Das Wasser war angenehm kalt. Testend lutschte sie den Finger ab.

„Schmeckt wie immer.“

Das Leitungswasser schien in Ordnung zu sein, also machte sie das Glas voll. Mit ihm in der Hand schlenderte sie durch das Haus und fing im Flur an. Da war ein kleines Bad. Weder Dusche noch Wanne hätten darin Platz gefunden. Es musste also irgendwo noch ein zweites geben. Sie ging um die Küche und entdeckte eine Treppe mit schwarzem Handlauf, die hinaufführte. Auf den hellbraunen Sprossen lagen kleine halbrunde Teppiche. Die bildlichen Bestickungen machten auf Brié den Eindruck, als wären sie selbst gemacht worden, wie schon beim Kronleuchter, oder zumindest war es Handarbeit. Die blauen Stickereien gefielen dem jungen Mädchen besonders gut. Auf jedem Teppich war eine andere Form abgebildet. Jedes ein Unikat, ein Meisterwerk und keines glich dem nächsten.

Oben angekommen hatte sie drei Türen vor sich. Jede war geschlossen.

Brié wettete mit sich, dass hinter einer ein Bad stecken würde, hinter einer anderen ein Schlafzimmer und hinter der dritten Tür vermutete sie ein Arbeitszimmer. Entweder eines in dem genäht, gestrickt oder gehäkelt wurde, oder es war eher ein Büro, ausgestattet mit Computer, Ordnern und typischen Bücherregalen. Sie öffnete die Tür zu ihrer Linken. Ein Schlafzimmer. Warm eingerichtet. Die Wände waren gelblich, die Bettwäsche rötlich. Sonst war nichts Besonderes daran. Die rechte Tür war als nächstes an der Reihe. Ein Badezimmer, ein sehr geräumiges. Da waren sogar eine ebenerdige Dusche und eine Badewanne. Ein Doppelwaschbecken mit einem darüber hängenden, sehr langen Spiegel, von dem weißes Licht an die Wand geworfen wurde, gab es auch.

Die Toilette sah normal aus.

„Wenn ich schon mal hier bin…“, murmelte Brié, stellte das Glas auf die Armaturen, zog das gelbe Hemdchen hoch, den Schlüpfer runter und ließ den Dingen ihren Lauf.

„Bin ich froh, dass ich nicht im Freien pullern musste.“

Brié spülte und wusch sich die Hände, im Anschluss nahm sie das Glas und verließ das Badezimmer. Sie schloss auch die Tür hinter sich, denn jeder freut sich darüber, wenn er alles so wiederfindet, wie er es verlassen hatte.

Vaters Worte.

Nun das letzte Zimmer. Sie öffnete die Tür, aber das war definitiv kein Arbeitszimmer oder ein Büroraum. Kleine helle Regale standen an zwei Wänden. Ein Bett an einer anderen und weiße Vorhänge deckten die großen Fenster ab, an deren Griffen kleine Schlüsselschlösser steckten. Über dem Bett waren an der Decke Sterne angebracht. Eine Wand war bunt gestrichen und zeigte die Figur aus einem Märchen. Die Laden an den kleinen Regalen waren rosa und die Knaufe weiß. Ein faseriger Teppich lag inmitten des Zimmers. Er schien zu glitzern und das Licht zu brechen. Auf den weißen Fäden bildeten sich kleine Lichtreflektionen, was Brié zum Träumen brachte.

„Oh, wie schön.“, sagte sie und stellte ihr Glas auf einem der weißen Schränkchen ab.

Sie warf sich mit Schwung auf das Bett und testete seine Bequemlichkeit. Dann ließ sie sich nach hinten über fallen und strahlte, als sie die Sterne, die an Strippen befestigt waren und sich regelrecht drehten und schaukelten, beobachten konnte.

Für einen kurzen Augenblick war wieder alles in Ordnung. Nichts war normal, nichts von all dem wünschenswert, aber jetzt gerade, für diesen wunderschönen Augenblick, war alles in Ordnung.

Es war ruhig, ihr Durst gestillt, um den Hunger, der ihren Magen laut aufheulen ließ, würde sie sich gleich noch kümmern, und das Zimmer ein Traum jedes jungen Mädchens.

Die Ruhe genießend lag sie da, regungslos und lächelnd, doch das war nicht von Dauer.

Irgendetwas huschte aus einer in Schatten gehüllten Ecke hervor und verschwand blitzschnell durch den Türspalt. Brié glaubte etwas Blaues entdeckt zu haben, aber was könnte das nur gewesen sein? Gehört hatte sie nichts. Sie erhaschte zufällig aus dem Augenwinkel nur einen kurzen Eindruck.

„Das war doch nicht etwa… Ein überlebendes Etwas! Ein Tier, hoffe ich.“

Sie wunderte sich selbst darüber, rieb schnell die Augen, um sicherzugehen, dass sie nicht schlief, aber es war echt und es war am Leben. Brié war genauso echt und genauso am Leben. Sie war nicht mehr allein.

Das Mädchen begab sich direkt auf die Suche nach dem blauen Etwas. Allzu schlecht schätzte sie ihre Chancen nicht ein es zu finden, andererseits bemerkte sie erst gar nicht, dass es mit ihr im Zimmer oben war. Auf der Treppe nach unten kamen Zweifel in ihr hoch.

„Guck-guck, kleines, süßes Tierchen. Ich hoffe du bist ein nettes Kätzchen? Oder etwas anderes nettes?“

Vorsichtig stieg sie hinab. Leise, geradezu geräuschlos, bewegte sie sich vorwärts, um es nicht zu verschrecken. Sie wollte die Gelegenheit, endlich nicht mehr allein dazustehen, keineswegs kaputt machen indem sie runter trampelte und es in Angst oder gar in Panik versetzte.

Ihr war eigentlich, wenn sie ehrlich zu sich selbst wäre, egal, um was genau es sich bei dem blauen Tier handelte, Hauptsache sie hatte wieder jemanden zum Reden.

Auf der letzten Sprosse angekommen, blieb sie stehen. Brié erinnerte sich an die quietschenden Bretter im Boden. Sie sah sich um. Unter der Couch war es nicht. Auch nicht unter dem Sessel. Sie sah nach rechts in die Küche. Fehlanzeige.

„Ich mache jetzt ein paar Schritte, okay? Erschreck dich nicht, kleine Mieze."

Brié lief in das Wohnzimmer und sah sich die Schränke und Regale an. Als ihr Blick über das schwarze TV-Gerät fiel, stach ihr etwas ins Auge, was vorher nicht dagewesen ist. Auf dem Bildschirm, man musste wirklich sehr genau hinschauen, konnte man Zahlen erahnen. Drei Reihen. Die Obere war bereits stehengeblieben. Sie zeigte:

00.00.00.00.00.00.

Die Zeile in der Mitte:

00.00.00.13.03.11.

Und die Untere Zahlenreihe:

00.00.10.13.03.11.

Sie riss sich vom Fernseher los, nachdem sie kurz darüber nachdachte, aber zu keinem Ergebnis kam.

„Wo steckst du nur?", dachte sie laut und in dem Moment huschte ein Geräusch aus dem flachen Bücherschrank in Richtung Flur. Das Mädchen drehte sich und folgte ihm. Sie konnte deutlich ein Scharren hören.

„Das kann doch unmöglich dein… Ernst sein."

Brié bückte sich im Flur runter, landete vorsichtig und leise auf allen Vieren und beobachtete die Klappe an der Katzentoilette. Helle große Kulleraugen starrten dahinter hervor. Dann scharrte es wieder und mit einem beherzten Satz sprang das Tier hinaus.

„Erschreckt.", sagte Brié atemlos entsetzt.

„Hätte ich nie gedacht."

Das blaue Tier sah einer Katze sehr ähnlich was Körpergröße, Kopf, Glieder und Fell anging. Die Ohren waren etwas überdimensionaler, irgendwie spitz, die Augen runder, die Pfoten größer und flauschiger. Die Fellfarbe aber war besonders herauszuheben. Bei genauerem Hinsehen war es nicht wirklich blau. Eher eines, das mit einem Batzen Violett gepanscht wurde. Es flimmerte, schien sich zu bewegen, wie Wellen, die jedoch nie brachen.

„Was denn, dachtest du allen Ernstes ich würde Schiss bekommen, weil du die Treppe zu laut runter läufst? Pah!" stieß es laut hervor.

„Das war ein amüsanter Anblick, will ich meinen. Ein amüsanter Anblick."

Brié wurde blass. Ihr Gesicht glich einem Laib Käse. Sie erhob sich vom Hosenboden und eilte in das Gästebad, klappte den Deckel der Kloschüssel hoch und übergab sich.

Die Katze folgte dem Mädchen, sprang auf ihren Rücken und sagte mit tiefer Sing-Sang-Stimme:

„Miau."

Kapitel 5

Als es Brié wieder besser ging fand sie sich im Wohnzimmer ein, wo die Katze schon geduldig im roten Sessel wartete und sich beflissentlich das Fell putzte. Das Mädchen nahm auf dem Sofa Platz. Sie saß halb eingesunken, die Arme von sich gestreckt und den Kopf nach hinten abgelegt, gemütlich und erschöpft da.

„Du kannst also sprechen?", fragte sie ungläubig, auch nach dem erbrachten Beweis, denn es war schwer zu verstehen. Nie zuvor hatte ein Tier mit ihr gesprochen.

„So ist es.", antwortete das Tier mit rauer Stimme, während es seine Pfote genüsslich ableckte.

„Mein Name ist Fredomoira, aber Fred, oder Freddie tun es auch."

„Weißt du was hier passiert ist, Fred?"

Der Kater starrte sie an. Seine Pupillen wurden größer und er unterbrach das Lecken.

„Das weiß ich ganz genau."

Brié horchte auf. Sie setzte sich gerade hin, zog die Beine an die Brust und schlug die Hände darüber.

„Dann sag es mir, bitte."

Fredomoira wandte sich ab und schloss die Augen. Anschließend nahm er sich einen seiner Hinterläufe und leckte dort weiter.

„Was ist denn nun?", fragte Brié gereizt, aber das Tierchen ignorierte es.

„Schön. Ich verstehe schon. Du willst es mir nicht erzählen."

Brié verschränkte die Arme vor der Brust und sah zur Seite weg. Sie war beleidigt und sauer und später wurde sie wieder traurig.

Fredomoira pausierte den Putzvorgang wiederum und sah sich das kleine Menschlein an.

„Wie wäre es mit Schlaf? Schlaf ist wichtig und wenn ich dich so ansehe… du könntest eine Menge davon gebrauchen, will ich meinen."

Das Mädchen wandte sich um und sah zum Terrassenfenster heraus.

„Es ist noch viel zu hell, um ins Bett zu gehen."

„Glaub mir, wenn ich dir sage, dass sich daran heute nichts mehr ändern wird. Der Tag ist schon viel zu, viel zu lang, will ich meinen, hm?"

Brié dachte nach. Womöglich ist ihr das entgangen, aber Fredomoira könnte recht haben. Wie viele Stunden sind vergangen, seitdem sie am See war? Noch eine Unheimlichkeit, die ihr schwer aufs Gemüt schlug.

Das Mädchen nickte, nahm sich die Decke vom Sofa und legte sich hin. Es dauerte nur ein oder zwei Wimpernschläge, bis sie einschlief.

In der lichten Nacht träumte das Mädchen von Rudi Raubach. Er kam aus der Schwärze zu ihr gelaufen. Sein rotweiß gestreiftes Shirt wackelte durch den dicken Bauch hin und her. Dann beugte er sich zu ihr runter und lächelte freundlich. „Hast du schon nach oben gesehen?", flüsterte er ihr zu.

„Ich habe es nicht, alle anderen aber doch. Sie sind verschwunden. Jeder einzelne. Weg. Wir hatten einen Krieg, kleine Brié. Pass gut auf dich auf, der Krieg ist auch bei dir. Ich wünsche mir, dass du ihn überlebst und wenn du überlebt hast, sieh nicht nach oben, andernfalls ist das Spiel verloren.

Versuche die Zeichen zu erkennen. Eines sagt dir wann es losgeht, eines wann es endet und ein Drittes entscheidet ob du siegen wirst.

Wenn du es nicht kannst...“, Rudi stupste ihre Nasenspitze an. „...wird es niemand können.“

Der nette Herr wurde wieder kleiner und kleiner, bis er in der leeren Schwärze verschwand.

Aufgeschreckt durch ein lautes Knallen wachte Brié auf. „Rudi!“

Die Katze lag angekuschelt neben ihr, erschrak aber ein wenig durch die hektischen Bewegungen, die das Mädchen machte und streckte genüsslich den Rücken und die Beinchen aus.

„Wer oder was ist denn Rudi?“, gähnte Fredomoira ihr mit tiefem Ton ins Ohr.

„Nicht so wichtig. Hast du den Knall auch gehört, Freddie?“

„Welchen Knall?“, säuselte er mit schläfriger Stimme.

Sie überlegte. Gehörte das womöglich zum Ende ihres merkwürdigen Traums? Sie verstand nicht was Rudi Raubach ihr damit zu sagen versuchte.

„Vergiss es. War wohl nur ein Traum.“

Brié sah zur Terrasse. Es war hell. Immer noch. Alles war wie es gestern war. Nichts hatte sich geändert. Ihr Magen meldete sich mit einem lauten Grummeln. Sie fasste ihn an und spürte die Vibrationen darunter. Vorsichtig, ohne Fredomoira zu sehr zu stören, stand sie auf und ging zum Kühlschrank. Der Kater blieb wo er war.

„Hast du auch Hunger?", fragte sie den vierbeinigen Begleiter. Der antwortete gelangweilt:

„Noch nicht."

Brié entdeckte eine Packung Würstchen, Milch, Käseaufschnitt, eine halbe Gurke, zwei Tomaten, zwei Möhren, Butter in einer Porzellan-Dose, Aufschnitt und Eier. Sie sah zum Herd rüber.

„Das habe ich nie versucht."

Brié kratzte sich den Kopf.

„Was genau?", fragte der Kater nach.

„Eier zuzubereiten in einer Pfanne."

„Wie schwer kann das schon sein? Nimm eine Pfanne aus dem Schrank unten, stelle sie auf den Herd, mache diesen dann an, schlage die Eier aus der Schale hinein und warte ab bis sie gut aussehen."

Sie tat nichts.

„Soll ich es für dich wiederholen, Menschlein?"

„Nein, ich habe zugehört, aber Mutter sagte immer, ich wäre noch zu jung um einen Herd oder einen Ofen zu bedienen. Sie sagte ich würde mich verbrennen, alles schmutzig machen und Kochen lernen würde ich noch früh genug können. Es wäre ihr Reich, nicht das von mir oder Papa."

„Das ist keine Zauberei, möchte ich meinen.", tat die Katze ihre Sorgen murrend ab.

„Tu es einfach."

Brié gehorchte. Schließlich war Fredomoira nicht nur ihr einziger Bezugspunkt, er stellte gleichzeitig so viel mehr für das Mädchen dar. Einen Freund, einen Redepartner, einen Ratgeber, einen Lehrer, einen Gefährten, sogar einen Vormund, aber vor allem war er einfach da. Das allein genügte, um seinen Worten und Vorschlägen Gehör zu schenken, seien sie auch noch so zweifelhaft und abstrus für ihren Geschmack.

Im Geiste wiederholte sie den Vorgang. Brié nahm eine Pfanne aus dem Unterschrank, stellte sie auf den Herd, nahm sich ein Ei und schlug es nach bestem Wissen und Gewissen auf.

„Mir ist Schale hineingefallen.", sagte sie enttäuscht.

„Macht nichts. Kannste mitessen.", meinte der Kater.

„Bist du ganz sicher, Fred?", erkundigte sie sich etwas zweifelnd.

„Logo, möchte ich meinen.", rief er ihr vom Sofa aus zu.

„Na, wenn du das sagst."

Aus einer Schublade nahm sie einen Holzlöffel und rührte das Frühstück durch.

Der Kater schlich sich an und mit einem Satz sprang er auf die Arbeitsfläche.

„Mmmhhh, das sieht lecker aus."

Brié lachte.

„Ich dachte du hast keinen Hunger."

Das Frühstück genossen sie, während der Fernseher lief. Fredomoira wusste natürlich, wie die verschiedenen Fernbedienungen funktionierten.

Brié war überglücklich endlich etwas gegessen zu haben. Während sie sich mit dem Kater das Frühstück teilte, fiel ihr eine Eigenart draußen auf.

„Findest du auch, dass der Himmel dunkler wirkt, als noch vor kurzem? Wird jetzt vielleicht doch Nacht?"

„Hm, das glaube ich nicht. Mir wurde ganz klar gesagt, dass Nächte sehr selten werden können, solange meine Besitzer weg sind."

Das Mädchen verzog angeekelt das Gesicht.

„Du hättest mit deiner Antwort ruhig warten können, bis du dein Essen runtergeschluckt hast. Du kleckerst den Tisch voll und schmatzt bei weitem lauter als der schlimmste meiner Klassenkammeraden aus der Schule."

Fredomoira legte den Kopf schief und sah sie vorwurfsvoll an.

„Dir ist aber nicht entgangen, dass ich ein Kater bin, ja? Du hattest wohl noch nie ein Haustier, möchte ich meinen."

Während sie dasaßen und diskutierten wurde es draußen dunkler. Es war keine natürliche Dunkelheit, sondern eher eine, die wie ein gigantischer Schatten war, der sich über einen legte. Als ob etwas zugedeckt wurde.

Die Zwei bekamen während ihrer Mahlzeit und ihren Unterhaltungen über Benimmregeln am Esstisch den Wechsel, der draußen stattfand, kaum mit. Erst als sich im Zimmer das Essen ohne Licht schwieriger gestaltete und Fredomoira wie aus Gewohnheit auf der dritten Fernbedienung den Kronleuchter mit den Kunstkerzen zum Brennen brachte, sahen sie einander an, schwiegen und drehten ihre Köpfe zeitlupenartig und fast synchron in Richtung Terrassentür.

Brié ahnte keineswegs was dies zu bedeuten hatte. Sie wusste weder, ob sie Grund zur Freude oder eher Grund zur Besorgnis haben musste.

„Haben deine Besitzer auch erwähnt was sonst noch passiert?"

Sie sprach sehr leise, ja beinahe flüsternd, ohne den Kopf von der immer dunkler werdenden Präsenz zu nehmen, die sie innerlich zu erdrücken drohte.

„Nur ein paar Kleinigkeiten, die mir helfen sollten zurecht zu kommen, damit ich die Sache unbeschadet überstehe, möchte ich meinen."

Auch Fredo flüsterte mit tiefer Stimme, ohne darüber nachzudenken, warum er dies tat. Dem Kater war es natürlich nicht gleich, was draußen vonstattenging, aber es bereitete ihm weniger Sorgen als dem Mädchen. Seine Besitzer mahnten ihn das Haus nicht zu verlassen bis sie wieder kämen. Solange sollte es für ihn in dem blauen Haus sicher sein.

Dann hatte Brié eine Idee.

„Mach den Fernseher aus, schnell."

Er wunderte sich über die fordernde Bitte, zögerte auch einen Moment, tat aber was sie verlangte. Seinem Hausgast auf zwei Beinen schien es wichtig zu sein. Nicht zuletzt gehorchte er, weil das Mädchen sehr aufgeregt schien.

„Da, schau! Die Zahlen.", sagte Brié und zeigte auf den ausgeschalteten Bildschirm.

Fredomoira sah hin. Er sah noch genauer hin und ließ seine runden Augen zu engen Schlitzen werden. Dann schüttelte er den Kopf.

„Ich kann nichts erkennen."

„Die Zahlen, eins, zwei, drei Reihen, sieh hin!"

Der Kater strengte sich wirklich an, aber es half nicht. So sehr er sich auch darauf fokussierte, er konnte nur den schwarzen Bildschirm erkennen.

Brié hingegen wurde mulmig zumute. Sie las Freddie vor, was sie sah:

00.00.00.00.00.00.
Die Zeile in der Mitte:
00.00.00.00.03.11.
Und die Untere Zahlenreihe:
00.00.10.00.03.11.

„Und was soll das bedeuten?", fragte er mit ernsthafter Neugier.

Brié sah sich die Zahlen noch einmal genau an. Vor dem Schlaf, den sie dank des Katers fand, tat sie es als eine unwichtige, oder schnelllebige Spielerei ab. Vielleicht als eine Art Update des Programms vom Haus oder des Fernsehgerätes, oder aber eine Uhrzeit, eine bestimmte, zu der Fredomoira aus einem Schränkchen, oder Lädchen, eine Mahlzeit erschien, die er zu sich nehmen durfte. Aber so war es nicht.

Lange Zeit starrte die darauf, beobachtete die letzten Ziffern, wie sie langsam rückläufig verstrichen und was am Ende passieren würde, konnte sie nur erraten.

„So genau weiß ich es auch nicht, aber ich vermute, dass, wenn die Zahlen in der mittleren Reihe ablaufen, irgendwas passiert. Etwas das wir spüren werden. Ob das gut ist oder schlecht, weiß ich nicht."

Die Zeit verstrich jetzt schleppend. 00.00.00.00.02.32.

„Wenn du wüsstest, was passiert war als die erste Reihe ablief, Freddie, dann würden wir eine Ahnung davon bekommen, was uns erwartet."

Das Mädchen spekulierte darauf, dass der Kater sich an etwas erinnern würde, ganz gleich ob er die Zahlen erkannte, oder nicht.

„Ja, da war etwas, bevor du in mein Heim kamst. War nicht lange vorher, vielleicht ein paar Stunden, möchte ich meinen."

„Was war es?", fragte sie voller Ungeduld.

„Meine Besitzer sprachen sehr viel. Sie erteilten Ratschläge, trafen Vorsichtsmaßnahmen, weinten, ich weiß nicht ob aus Glück oder aus Furcht, sie machten sauber und erzählten mir was ich zu tun und zu lassen hätte. Ich solle mir keine Gedanken machen, Tiere wären dort wo sie hin gehen nicht gestattet, sie würden sicher bald wiederkommen und so weiter…"

„Was hast du ihnen gesagt? Warst du nicht traurig darüber?"

„Frauchen und Herrchen verstanden mich nicht, so wie du mich verstehst. Sie taten so als ob wir miteinander sprechen würden, aber sie miauten mir nur zurück, wenn ich etwas sagte oder dergleichen. In Wirklichkeit hielten sie es nur für Katzensprache, Schnurren oder wahlweise auch Fauchen. Dass ich die beiden verstand, wollte nicht in ihren Kopf gehen"

Brié wurde still. Sie versuchte die richtigen Worte dafür zu finden, dass sie sehr wohl verstand was der Kater redete, aber es wollten ihr keine einfallen. Sie selbst wusste keine Antwort darauf, wieso sie es konnte.

„Und danach?"

„Danach gingen sie zur Vordertür hinaus, sie hatten allerlei Zeug dabei, Taschen und Rucksäcke voller Ausrüstung und merkwürdiger Geräte. Sie luden alles ins Auto und fuhren fort und jeder andere Mensch hatte wohl dieselbe Richtung als Ziel. Alle gingen oder fuhren von einer Seite zur Anderen. Entgegengesetzten Verkehr gab es nicht.

„Wo wollten sie hin?"

„Das haben sie mir nicht direkt gesagt, wohl deshalb, weil sie glaubten ich verstände eh nichts, aber dieser Ort liegt, möchte ich meinen, unter der Erde und Tiere sind, wie schon erwähnt, nicht gestattet. Außerdem waren sie sehr in Eile, weil da wohl nicht jeder hineinkommt."

„Also sind die Menschen noch irgendwo.", dachte Brié.

„Aber wieso haben sie mich zurückgelassen?"

Fredomoira wusste nichts zu erwidern. Ihm schwirrte nur ein Gedanke im Kopf herum, traute sich aber nicht es auszusprechen. Er schüttelte nur den Kopf. Brié sah zum Bildschirm.

00.00.00.00.00.19.

„Es ist so weit, Freddie. Lass uns nachschauen. Draußen war es stockduster geworden. Der Kater dimmte das Licht auf die hellste Stufe und gehorchte ohne Wiederworte und gemeinsam stellten sie sich an die Fenstertür der Terrasse und sahen in die Dunkelheit.

Fredomoira lehnte mit den Vorderpfoten an dem seitlichen Rahmen der Tür und stand so aufgeregt auf zwei Beinen. Brié tat selbiges an dem anderen Rahmen gegenüber. Sie sahen sich an und warteten ab.

Kapitel 6

„Bestätige.", sagte eine mechanisch anmutende Stimme, die wie aus dem Radio klang. Sie schien nahe am blauen Haus zu sein. Aus welcher Richtung vermochte Brié nicht zu bestimmen, allerdings starrte Fredomoira mit weit aufgerissenen Augen und den gespitzten Ohren zielstrebig nach links. Die Dunkelheit verflog unter einem Dröhnen und Krachen und der Himmel klarte hinter dem Schatten auf.

„Keine Ziele auf Position. Kontakt negativ."

Dann sah man etwas. Einen neongrünen Lichtblitz, der aus dem Himmel schoss, gefolgt von einem donnernden Aufschlag, der eine Wolke aufsteigen ließ, die giftig grün war und sich reglos, wie eine Nebelschwade auf einen entfernten Nachbargartenzaun zu legen schien und sich immer weiter ausbreitete.

Vielleicht drei, vier Grundstücke entfernt und dem Anschein nach näherkommend. An selber Stelle gab es eine Explosion. Schwarzer Rauch vermischte sich mit der grünen Wolkenwand. Ab und zu zuckten Funken, die vom Boden stammten, in sie hinein und blähten die Schwade auf, bis nur noch feine schwarzgrüne Linien übrigblieben, die sich in alle Himmelsrichtungen verteilten.

„Was ist das?", fragte das Mädchen etwas eingeschüchtert, aber Fredomoira gab keine Antwort. Brié sah sich um.

„Freddie? Wo steckst du?"

Nichts. Keine Spur des Katers. Er war verschwunden.

„Du kannst mich doch hier nicht allein stehen lassen!" Sie war geschockt. Sie war enttäuscht. Aber sie hatte auch Verständnis für das Tierchen übrig. Immerhin muss es für den Kater deutlich unerträglicher, was die Lautstärke und das Funkensprühen angingen, gewesen sein, als es das für sie war.

„Lokalisiert.", hörte das Mädchen als nächstes von irgendwo hinter der Ecke mechanische Laute. Sie blickte wieder raus.

Mit einem Mal ging es ganz schnell.

Ein großes Ding, eine Maschine, kugelförmig und mit einer Verglasung, die durch Eisenstriemen verstärkt wurde, hinter der jemand zu sitzen schien, raste von links heran, trampelte die Terrassensteine mit seinen dicken, klumpenartigen Bleifüßen nieder, was sie bersten und brechen ließ, als wären sie aus Zuckerwatte, bog anschließend scharf ab und kam vor dem metallblauen Zaun des Nachbarn zum Stillstand.

Brié konnte kaum fassen, von welchem abstrusen Schaubild sie Zeuge wurde. Für sie war es nicht greifbar, ja sie fühlte sich geradezu wie in einen Science-Fiction-Film hineingesogen.

Ein zündendes Geräusch, wie das eines Raketenstarts, ging vom Rücken des massigen Schwergewichtes aus, was eine Art Auftriebsmechanik aktivierte und durch verbrannten Kraftstoff einen glühenden Schleier bildete, der der blauen Flamme eines Bunsenbrenners ähnelte. Anschließend flog das Ungetüm, unter immensem Kraftaufwand, darüber hinweg, um schließlich außerhalb des Sichtfelds von der erschrockenen Brié hinter einer dicht bewachsenen Hecke zu verschwinden.

Das Mädchen hatte versucht etwas in dieser surrealen Kulisse zu entdecken, dass ihr nicht fremd oder gefährlich vorkam, aber da war nichts. Das was sie sah, ging über ihren Kleinmädchenverstand hinaus.

Nachdem sich die Druckwelle vom Flugstart, die weiße Wolken erzeugte, nach und nach legte, erkannte Brié den Ruß, der sich an den Scheiben der Terrassentür festsetzte. Sie starrte die dreckigen Fenster an.

„Das war eine Kugel, eine dampfende Kugel.", verfasste sie in einfachen Worten, nur um sich selbst davon zu überzeugen, dass sie wach war und was sie glaubte zu sehen, wirklich passierte. Es war kein Gebilde ihres kindlichen Verstandes gewesen.

„Eine Kugel mit Armen und Beinen aus Metall, die raucht… aber wie…. Und diese Kabel und Schläuche und Pistolen überall."

Das Mädchen wusste, ohne etwas zu sehen, wann das metallhäutige bewaffnete Kugelteil wieder losmarschierte. Das Trampeln und die motorenartigen Geräusche, die klangen wie ein aufgemotzter Rasenmäher, konnten nur davon stammen. Abermals stieg eine dicke schwarze Wolke auf, gefolgt von weiteren Funken und knallendem Klirren. Es erinnerte an Klingen, die einander trafen. Messer, die sich gegenseitig schliffen gaben ähnliche Laute von sich.

Brié erinnerte sich an einen Tag mit ihrer Mutter, die ihre Küchenmesser wetzte, die langen, die dicken, die speziellen und wie sie genau beschrieb, welche Funktionen jedes Einzelne von ihnen hatte.

Das Klirren verstummte, aber leiser wurde es deswegen nicht. Irgendjemand schrie fürchterlich. Oder war es ein Etwas? Ein klagendes, zitterndes, ums Leben flehendes

Schreien, das während Metall auf Metall krachte schon dagewesen sein mochte, aber jetzt jämmerlich laut alles andere übertönte. So laut und schmerzerfüllt, als würden alle Knochen im Körper nacheinander zerquetscht und gebrochen werden.

Als die Schreie verstummten, der Rauch und die Funken vergingen, brandete ein wuchtiges Rumsen gegen das Haus und sogar Brié spürte einen Rest der Vibration in ihren Füßen. Das Rumsen wurde hastiger, die Abstände näher beieinander, bis zuletzt blaue und schwarze Flüssigkeit über die Hecke hinweg spritzte und die Scheiben des Hauses traf. Sie war klebrig, benetzt mit kleinen Rädchen, Kabelstückchen und Mikrochips und schien noch während des Fluges, ehe es aufschlug, zu gerinnen. Die zähe Masse flutschte ab und landete auf der Terrasse.

„Insektenblut!", ist das Erste was dem jungen Mädchen in den Sinn kam.

„Bah, widerlich!"

Brié war ganz und gar nicht davon angetan, aber zufrieden, dass sie hier, im Schutze der Mauern eines Einfamilienhauses, ausharren konnte und nicht dort draußen war, hautnah dabei, während ein kriegsähnliches Szenario stattfand. Sie wollte sich nicht vorstellen, wie es wohl wäre dabei zu stehen. Ihr reichte, was sie von hier aus erlebte, schon über die Maßen.

Bevor ihre Gedanken deutlicher zu Bildern werden konnten, bebte die Erde unter ihr erneut. Diesmal war es heftiger. Ihre Beine begannen zu zittern. Im Garten und darüber hinweg sah sie nichts.

Brié drehte ihren Kopf zum Flur, blieb aber wie versteinert an Ort und Stelle stehen. Es wäre ein Leichtes einen

Blick durch die Katzenklappe zu wagen. Sie war schließlich offen. Andererseits hatte das Mädchen keine Ahnung, was sie erwarten würde, wie gefährlich es wäre einen Blick zu riskieren.

Sie versuchte sich von ihrer Angst loszureißen und beschloss nach Fredomoira zu suchen. Dabei dachte sie an ihre Mutter. Oft hatten sie gemeinsam Verstecken gespielt. Oft hatte ihre Mutter sie gehört, wie sie sich verkrümelte und immer genau gewusst, wo sie suchen musste. Der Kater war in diesem Spiel deutlich geschickter gewesen als sie. Zumal Brié als Sucherin eher durchschnittlich bis miserabel war und wohl nie auch nur einen Blumentopf damit gewinnen würde, um ihren Vater zu zitieren.

„Fredo?"

Das Mädchen sah im Wohnzimmer nach. Sie suchte unter der Couch, in den Regalen und Schränken, in den Ecken, hinter den dicken Blumentöpfen, nichts zu sehen.

Sie sah in der Küche nach. Keine Spur des Tierchens. Im Bad und im Flur waren ebenfalls keine Hinweise auf seinen Verbleib.

Stöhnend sah sie die Treppe hinauf. Sie stapfte lustlos die Sprossen hoch. Sicher hatte sie keine Lust auf dieses Spiel. Wie schlecht sie doch war. Wie sollte sie einen geschickten Kater finden, wenn sie es nicht einmal bei Erwachsenen schaffte? Sie zweifelte an ihren Fähigkeiten. Und abgesehen davon: Wenn eine Katze nicht gefunden werden will, kannst du dich auf den Kopf stellen, sie wird unsichtbar, verschwindet wie ein Chamäleon, dass sich seiner Umgebung anpasst und buchstäblich mit ihr verschmilzt.

„Komm schon Fredo! Zeig dich! Ich habe keine Lust mehr."

Gerade wollte sie die Tür zum Badezimmer aufmachen, als etwas flinkes Blaues hinter ihr aus dem Augenwinkel auftauchte und die Treppe runter sauste.

„Nein, Fredo. Was tust du denn?“

Sauer und eingeschnappt ließ sie die Klinke los und folgte dem Tierchen, dass sein sicheres Versteck aufgab und versuchte abzuhauen.

Brié sah runter ins Wohnzimmer. Große, runde, wunderschöne saphirblaue Augen funkelten das Mädchen an. Der Schwanz des Tierchens zuckte dabei herausfordernd.

In aller Seelenruhe saß Fredomoira auf dem Schrank des Fernsehgeräts. Auf dem schwarzen Bildschirm standen die Zahlenreihen eins und zwei auf null. Die dritte allerdings raste unnatürlich schnell.

Was eigentlich sekündlich geschehen müsste, war nun so rasant, dass man den einzelnen Ziffern mit bloßem Auge unmöglich folgen konnte. Die etwa richtige Zeit wäre: 00.00.09.23.34.55. Aber was Brié sehen konnte war: 00.00.04.02.56.05.

Und einen Moment später, es waren nur wenige Lidschläge vergangen: 00.00.03.43.21.10.

Brié sah das, aber ignorierte es. Ihr war wichtiger zum Kater zu gelangen. Das blonde Mädchen griff nach dem Geländer, auf der Jagd nach ihrem tierischen, redenden Freund. Gerade machte sie einen Schritt auf die Sprosse, schon setzte sich Fredomoira lautlos in Bewegung und bog Richtung Flur ab.

„Wie unfair!“, schrie sie ihm nach.

Eifersüchtig und eilig stolperte Brié hinab. Sie versuchte ein paar Stufen auszulassen, was bei ihrer Größe schon im Ansatz einem halben Spagat glich.

Unten angekommen sauste sie um die Ecke, aber von dem blauen Tierchen fehlte abermals jede Spur.

Zunächst vermutete sie den Kater im Katzenklo. Als er dort nicht war sah sie im Gäste-WC nach. Enttäuscht blickte sie sich um, aber außer der Toilette und einem Waschbecken war hier kein Tier versteckt.

Dann klackerte etwas hinter ihr. Blitzschnell drehte Brié sich um, dachte schon, dass sie ihn endlich gefunden hätte, aber alles was zu sehen war, und das erschreckte sie und machte ihr Angst, war die Klappe ins Freie, die hin und her schwenkte.

Kapitel 7

Sie kroch auf allen Vieren und versuchte durch das milchige Plastik zu sehen, so wie der Kater es getan haben mochte. Die Unruhe von vorhin war vergangen und Brié spürte, wie froh sie darüber war.

„Ist die Gefahr vorbei?"

Vorsichtig drückte sie die Schwenktür nach außen. Ihre Hand zitterte. Schließlich hatte sie in ihren jungen Jahren neuerdings einiges Grausames gesehen und wusste, was ihr da draußen auflauern konnte.

Das Mädchen spähte die Gegend aus. Es blieb ruhig. Sollten zuletzt die Monster verschwunden sein? Ihre Augen funkelten vor Hoffnung, als sie ein Paar Beine erblickte. Stillstehende Beine, gekleidet in blaue Jeans. Dann sah sie ein weiteres Paar. Eines in einem braunen Rock. Und als sie weitersuchte, sah sie auch ihre Latzhose und die Schuhe auf der Ziegelsteinmauer. Sie waren unberührt. Weder vom Wind fortgetragen, wie sie es vermutet hätte, noch von sonst wem geklaut oder beschädigt.

„Wenn ihr noch da seid, dann will ich mutig sein."

Ein kalter Lufthauch strömte durch den offenen Eingangsschlitz. Das Kind bekam schlagartig eine Gänsehaut. Aber war es zuletzt nicht unendlich warm gewesen? Wie konnte das Wetter so schnell umschlagen? Es müssen höchstens ein, oder vielleicht zwei Tage vergangen sein, seitdem sie im blauen Haus, bei Fredomoira, Unterschlupf gefunden hatte.

Aber das spielte jetzt keine Rolle. Sie zwängte sich durch die Katzenklappe. Auf ihrer einen weißen Socke hüpfte sie halbherzig der Mauer entgegen. Ihr froren die Füße beinahe ab und der Weg kam ihr unendlich lang vor. Die dünnen Schühchen mit den bunten Schleifen darauf und auch die Latzhose waren für diese Temperaturen zwar nicht geeignet, aber halfen.

Erst jetzt, da sie nicht mehr fror, sah sie sich die Gestalten auf den Gehwegen und Straßen genauer an. Die reglosen Beine gehörten zu Menschen. Sie betrachteten den Himmel und jeder einzelne von ihnen schien auf etwas zu warten.

Im Gegensatz zu Brié waren sie dem Wetter angemessener gekleidet, obwohl es die Reglosen nicht zu interessieren schien, ob es kalt war und regnen würde oder ob die Sonne sie zu verbrutzeln drohte. Die Menschen blieben stehen, rührten sich kein Bisschen, betrachtete Brié sie auch noch so andauernd. Weiter weg und bis zum Horizont konnte sie weitere Personen sehen, aber auch sie standen still wie zu Eis erfroren da. Und dahinter, im Himmel, erahnte das Mädchen etwas Großes. Es schien riesig zu sein, selbst so weit weg. Etwas, dass ihr wieder einmal fremd vorkam. Es versteckte sich zum Teil in dunkelgrauen Wolken. Grauschwarze Röhren oder Tentakelarme schlabberten hinab. Sie wirkten wie Fühler, machten aber einen stabileren und schwereren Eindruck. Sie ragten bis zum Boden, abtastend, arbeiteten sie sich Meter für Meter die Straßen und Wege entlang, als wären sie blind.

Dann erschrak das Mädchen. Ein Mensch, er war noch weit von ihr entfernt, stand im Weg der Fühler. Er wurde

davon erfasst, angesaugt und zur Hälfte in die Röhre einge-
wickelt, um anschließend von dem, was in den Wolken verborgen lag, verschluckt zu werden. Seine Körperfunktionen
schienen dabei durch den Kontakt zu den Fühlern eingestellt
worden zu sein. Seine Glieder ragten willkürlich in alle Himmelsrichtungen umher, wie Gummi. Dann, schließlich, verschwand er in der Wolkendecke.

Das Ganze dauerte nur wenige Sekunden und das riesen-
hafte Ding in der Luft flog unterdessen immer weiter. Es
kam genau auf Brié zu. All die Menschen, die nur dastanden
und nach oben sahen, sie würden alle dasselbe Schicksal tei-
len.

Die Kleine dachte nach. Ihr gefiel die Vorstellung nicht
und sie beschloss sofort davor wegzurennen. In ihrer Furcht
rief sie nach Fredomoira, in der Hoffnung er würde irgendwo auftauchen, einen kecken Spruch bringen und mit
weisem Rat zur Seite stehen. Selbst sein – möchte ich meinen
– fehlte ihr. Auch nach Rudi rief sie in ihrer Panik, doch ihre
Gebete blieben ungehört.

Brié konnte ihnen nur wünschen, dass sie dem Monster
nicht in die Fangarme gelaufen waren. Das wünschte sie sich
von ganzem Herzen.

Die einzige Richtung, die ihr in ihrer Lage plausibel erschien, war zurück zum See zu rennen. Einen anderen Weg
kannte sie nicht, so weit von zu Hause entfernt. Sie sah die
Telefonzelle und nur ganz kurz überlegte sie, ob es schlau
wäre, sich dort drinnen zu verstecken. Sie blickte hinter sich,
sah die grauen Fühler durch Haustüren und Fensterschei-
ben gleiten, sah wie etliche Frauen und Männer und deren
Kinder angesaugt wurden und ließ die Idee gleich wieder
fallen. Nun wurde sie noch schneller.

„Freddie!", rief sie nach dem Kater, wobei sich Tränen in den aufgerissenen Augen bildeten, die über die Schläfen liefen und sich in ihrem blonden Haar auflösten. Sie rannte so schnell wie noch nie.

An der Kreuzung, bei den aus dem Boden gehobenen Ampeln, bog sie ab. Allmählich überkam sie ein Stechen in der Brust, aber es half nichts. Sie durfte nicht stehen bleiben. Abermals blickte sie hinter sich. Das Ding in den Wolken holte auf. Nur langsam, aber würde sie jetzt beschließen stehen zu bleiben, würde es das Mädchen schlussendlich packen und genauso wehrlos machen, wie es das mit den anderen tat.

Dann stieß sie gegen einen Mann. Seine Haut war blass, beinahe weiß. Sämtliche Farbe war seinem Gesicht und den Händen genommen worden. Er gab keinen Ton von sich, machte aber einen Ausfallschritt um das Gleichgewicht zu halten. Einen kurzen Moment sah er Brié mit leeren Augen an, als wäre er nur noch eine Hülle und wartete sehnsüchtig darauf, erfasst zu werden.

Das Mädchen verstand es nicht.

„Freddie, bist du hier irgendwo?", fragte sie noch einmal. Keine Antwort. Schleunigst sputete sie sich wieder loszurennen. Sie hatte schon genug Zeit verloren und hörte bereits die mechanischen Laute näherkommen. Ihre Beine wurden schwerer, das Stechen in der Brust stärker. Ihre Arme baumelten nur noch mit. Sie war am Rande ihrer Kräfte angekommen und musste ihr Tempo drosseln.

Endlich konnte sie den Parkplatz sehen. Nur noch ein paar Meter, dann hätte sie es geschafft.

Das Monster hinter den Wolken war ihr nun bedrohlich dicht auf den Fersen. Brié hatte Zweifel, ob sie es rechtzeitig schaffen würde zu entkommen und die Lautstärke, die von dem Wolkenmonster ausging und über sie hereinbrach, zermürbte das zarte Mädchen umso mehr. Allmählich glaubte sie den Verstand zu verlieren. Es fiel ihr zunehmend schwerer zu glauben, dass sie nicht einmal mit Gewissheit sagen konnte, ob es etwas nützen würde diesen Weg zum Parkplatz einzuschlagen. Die Hoffnung verließ sie.

Ein heftiger Ruck ließ Brié erzittern. Hinter ihr spürte sie die schwarzen Rohre, die auf der Straße entlang schlurften. Die Fühler waren nur noch einen Steinwurf entfernt. Sie wand ihren Blick ab, hockte sich panisch nieder, sank mit dem Kopf in ihren Schoß, schloss die Augen und hielt ihre Hände schützend auf die Ohren.

„Bitte, bitte nicht.", schluchzte sie. Die Tränen rannen über die Nasenspitze und tränkten den rissigen, schwarzen Asphalt. Das Getöse über ihr war nun so laut, dass man denken konnte ein Dampfer und ein Jet würden um sie herum und über ihr kreisen. Es war kaum auszuhalten.

„Bitte, bitte nicht.", wiederholte sie flüsternd. Und mit zarter Stimme flehte Brié:

„Ich will zu meiner Mama. Ich will zu meinem Papa. Ich muss meine Eltern finden."

Dann tastete etwas nach ihr. Von der schweren Berührung, die ihren Leib zu Boden presste, spürte sie fast nichts. Angst und Adrenalin ließen ihren Körper taub werden. Auch der Schmerz vom Rennen und die Atemlosigkeit zerrten an ihr. Die Brust schien am dauerbrennen zu sein und ihr Herz schlug schneller denn je.

„Freddie. Rudi."

Der Fangarm strich über ihren Rücken hinweg, tastete den Kopf und schwebte weiter. Das tosende Gebrüll des

Monsters wurde leiser. Vorsichtig, nur ganz wage, hob sie den Kopf und linste voran. Es hatte sie verschont.

Oder hatte es sie übersehen? Sie sah hinter sich. Alle Menschen waren verschwunden. Auch von dem Mann, mit dem sie auf der Straße zusammenstieß, fehlte jede Spur.

Zittrig stand das kleine, verängstigte Mädchen auf, wobei es ihm Mühe bereitete das Gleichgewicht wiederzufinden.

Sie konnte das Wesen gerade noch erkennen, bevor es zu klein wurde und schließlich am Horizont verschwand.

Perplex, wie von Geisterhand geführt, ging sie ihren Weg weiter. Diesmal gemütlicher, gleichzeitig umsichtig, um nicht Gefahr zu laufen ein erneutes Mal in die Schrecken, die da lauerten, hineinzugeraten.

Vor dem Parkplatz überkam Brié eine Art Vorfreude. Vielleicht hoffte sie einfach, wenn sie ihn überquerte und das Stück Wald hinter sich gelassen hätte, würde endlich Normalität einkehren. Da wären Ihre Eltern, Erwin, der gelbe Ball, Yellow, Fredomoira und noch Rudi Raubach, die ungeduldig auf sie warteten. Als ob alles nur ein Traum gewesen sei und nichts der Realität entsprach. Ein Tagtraum wäre denkbar für das Mädchen gewesen. Zumindest denkbarer als rollende Metallkugeln, die bis an die Zähne bewaffnet sind und Jagd auf alles machen, was sich ihnen in den Weg stellt. Oder fliegende, lebendige Schiffe, mit Tentakelröhren, die sich in Wolken verstecken und Menschen einsaugen.

„Ja.", dachte Brié.

„Alles wäre besser als das."

Kapitel 8

Das Mädchen war zum Stillstand gekommen, ohne es zu merken. Die Geisterhand hatte von ihr abgelassen. Der Parkplatz war immer noch leer, bis auf dieselben Fahrzeuge, die damals schon da waren. Nur anders, irgendwie noch älter, noch kaputter. Brié wunderte sich jedoch nicht im Geringsten, als sie die verfallenen Karosserien betrachtete, die eine endlose Zeit, viel länger als sie fort gewesen sein konnte, hier verbracht haben mussten. Sie suchte nach Anhaltspunkten, um ihren Wagen ausfindig zu machen, konnte jedoch, durch die Wucherungen und Wurzeln, die sich unter, über und in den Autos breit gemacht hatten, weder ein Nummernschild entziffern noch eine Farbe, oder Automarke erkennen. Die Erde, die Bäume und die Sträucher hatten den Lack gefressen. Sie machten sich auf den Armaturen und den Polstern breit.

Moos und Flechten bedeckten fast alles. Es wirkte unberührt. Kein Fußabdruck, weder menschliche, noch die von Tieren waren zu sehen.

Inmitten des Parkplatzes stand sie, mutterseelenallein, ohne Hoffnung, ohne Wissen was um sie herum passierte und weinte. Sie weinte und sie fror.

„Fredo?", versuchte Brié noch einmal ihr Glück, doch das Glück schien diesen Ort noch nie besucht zu haben. Sie fühlte sich verlassen.

Obwohl es so kalt war, kälter als ein Herbsttag, grünten die Baumkronen prächtig. Auch der Wind war noch da. Eine leichte Brise strich ihr durchs helle Haar. Sie wand sich um, betrachtete die dicken Stämme und versuchte einen Trampelpfad zu finden. Der ursprüngliche Weg war versperrt. Die Erde wuchs in die Höhe und weit und breit würde es schwierig werden durchzuschlüpfen, selbst für die kleine Brié.

Hoffnungslos ließ sie sich fallen. Der Erdboden war unverhofft weich und federte sogar ein bisschen. Sie schloss die bleischweren Lider und lauschte dem Wind einige Zeit. Wie lange sie dort liegenbleiben wollte, wusste sie noch nicht. Vielleicht bis ihr etwas eingefallen wäre oder zufällig doch jemand oder etwas vorbeikam, dass ihr helfen konnte, voranzukommen. Vielleicht würde ihr auch urplötzlich einfallen, wie sie nach Hause käme.

Insgeheim hatte sie geahnt, dass das nicht passieren würde. Insgeheim ja.

„Ich wünsche mir…", fing sie an vor sich hin zu murmeln.

„Ich wünsche mir…."

Erst wollte Brié sich die Dinge wünschen, die sich jedes kleine Mädchen, dass sich irgendwo verlaufen hatte, wünscht, oder jedes Kind, dass sich verlassen fühlte, als wäre man in einem fremden Land im Urlaub verloren gegangen und hoffentlich, ja hoffentlich finden meine Eltern mich wieder, wenn ich ganz brav hier stehen bleibe und warte.

Dann dachte sie noch einmal nach. Wie oft hatte sie bereits nach Mutter und Vater gefleht? Wie oft nach dem Kater gerufen?

Sie musste es anders angehen.

„Ich wünsche mir einen Weg zum See zu finden, auch wenn es schwierig wird, ich werde das schaffen. Warum ich mir wünsche zum See zu gelangen? Weil dort alles angefangen hat.“

Entschlossen formte sie ihren Wunsch. Dann wartete sie ab.

Und sie wartete und wartete.

Brié blieb geduldig. Ihre Hoffnung kam zurück. Vielleicht war das blauäugig, aber sie war eben nur ein kleines Mädchen.

Ein Geräusch kam näher. Keines, dass sie panisch erschrecken ließ. Keines, dass sie weinen, oder flüchten ließ.

Sie öffnete die Augen. Da war eine Biene.

„Träume ich?“, freute sich Brié über das Summen um sie herum. „Etwas hat überlebt.“

Ihr fiel gleich Vater wieder ein, der sagte:

„Es gibt Hoffnung, wenn es Bienen gibt. Ohne Bienen sind wir hoffnungslos verloren.“

Die Worte des Vaters ermutigten die Kleine, auch wenn ihr der Sinn dahinter nicht einleuchtete. Es war auch gar nicht wichtig, was daran so gut und teuer war. Für Sie bedeutete es einfach alles.

Es gab ihr die nötige Kraft, um weiter zu machen.

Das Bienchen flog von dannen. Hurtig rappelte Brié sich auf und versuchte mit ihr mitzuhalten. Geradewegs steuerte das kleine Insekt auf den Wald zu. Zwischen zwei dicken Bäumen verschwand es. Das Mädchen stolperte über Äste und Moose hinweg, achtete kaum darauf, wo sie ihren Fuß platzierte und kippte ein ums andere Mal vor oder zur Seite, aber stützte sich mit den Handflächen so gut ab, dass sie dem Brummen folgen konnte.

Die Wurzeln waren dick und miteinander verwoben. Sie ragten in die Höhe und Brié musste klettern, um darüber zu kommen. Sie glitt einige Male ab, das dichtbewachsene dunkle Grün unter ihr war feucht und glitschig. Mit einem beherzten Satz sprang sie hinauf und bekam einen der wulstigen Wurzelstämme zu packen, an dem sie sich hinaufziehen konnte. Als sie darauf stand, gute zwei Meter erhöht, horchte sie, aber das Summen der Biene war verstummt.

Statt wieder einmal gleich das Korn in den Wind zu schießen, ewig und drei Tage auf ein Zeichen zu warten und vor Selbstmitleid elendig zu heulen, wie ein weinerliches kleines Mädchen, setzte sie sich lieber auf den moosigen Grund und rutschte vorsichtig von der Anhöhe herunter in den Wald hinein.

Es war dunkel. Um nicht zu sagen stockduster. Sie erkundete den schwarzen Himmel über sich, aber da war nichts zu sehen. Keine Sonnenstrahlen, die sich den Weg durch die Baumwipfel bahnten, kein Stück Blau vom Himmel, um sich irgendwie zurecht zu finden. Die Kronen der massiven Bäume waren zu dicht bewachsen. Es war auch windstill und grausam geräuschlos. Alles was Brié hören konnte, war ihr eigener Atem.

„Ich laufe einfach geradeaus.", erinnerte sie sich.

„Weit kann es nicht sein."

Im Dusteren tappend hielt das Mädchen die Arme ausgestreckt nach vorn und tastete sich Schrittchen für Schrittchen voran. Es war nicht leicht auf dem schmierigen Waldboden, der mit Flechten, Sträuchern und Moos bewachsen war, die Balance zu halten. Ständig erneuerte sie die Tritte, um in der völligen Finsternis nicht zu fallen und anschließend Gefahr zu laufen, nie wieder hinaus zu finden. Sie wusste, dass es das Ende bedeuten könnte orientierungslos durch den Wald zu irren, selbst wenn es Tag wäre.

Das erinnerte sie an die Waldspaziergänge mit Vater und Mutter. Sie waren oft gemeinsam in der Früh unterwegs und sammelten Pilze ein. Brié lernte, welche genießbar waren und von welchen man die Finger lassen sollte. Sie lernte sich zurecht zu finden, wenn alles gleich aussah.

„Achte darauf wo du hintrittst.", sagte Vater oft. „Ein falscher Schritt und du könntest umknicken."

Und Mutter mahnte sie darauf zu achten sich ihre Jacke und Hose nicht an Ästen und Sträuchern aufzureißen.

Bedacht machte sie weiter. Langsam und noch langsamer. Der Weg kam ihr wie eine Ewigkeit vor. Ihr fiel ein, wie sehr sie sich fürchtete, als sie das letzte Mal vor kurzem allein hier gewesen war. Jetzt kam ihr das dumm vor. Jetzt kam ihr alles dumm vor.

Jedes Spiel, das sie spielte, jede Schlemmermahlzeit, die sie zu sich nahm, jedes Plüschtier, dass sie im Bett beim Schlafen beobachtete. Nichts davon half ihr jetzt. Auch kein Mathematik, Deutsch, Englisch, Kunst, Geschichte oder Erdkunde. Das war alles für die Katz.

Fredomoira fiel ihr schwermütig ein und sie wisperte seinen Namen in die Schwärze.

„Freddie."

Eines, nur eines gefiel ihr an diesem unheimlichen Ort. Der Geruch. Es roch nach frischem, saftigem Gras, nach Pilzen, die aus der Erde wuchsen und unendliche Größe erreichen mochten, wenn sie keiner pflücken würde. Sie roch auch verschiedene Blätter und Rinden und etwas Süßliches, dass sie nicht zuordnen konnte, mischte sich in den Duft der Waldluft hinein.

Zwischen dem blind sein und der Stille hatte sie etwas gefunden, was ihr Halt gab und half dies durchzustehen.

Ihre Hände berührten etwas. Der Weg war zu Ende. Es ging nicht weiter. Sie tastete alles ab, aber da schien eine Mauer vor ihr zu liegen, um die sie nicht drumherum laufen konnte. Sie versuchte es trotzdem, machte drei Schritte seitlich, anschließend zurück zum Ausgangspunkt und wieder drei zur anderen Seite. Zwecklos. Sie kam nicht vorbei.

Mutig, auf die Gefahr hin sich den Knöchel zu verdrehen oder die Bänder dadurch zum Reißen zu bringen, Vater würde ausrasten, wenn er das sähe, sprang sie hoch, mit den Armen voran und tatsächlich. Da war etwas Weiches oben. Eine Decke aus Waldmoos, da wo ihre Hände gerade so noch hinlangten. Und sie brach sich weder Knie noch Fuß, als sie mit dem Rücken voran im weichen Beet landete.

„Es ist nur zugewachsen.", stieß sie freudig hervor. Sie lächelte breit, was die Eckzahnlücken sichtbar machte und stand wieder auf.

Dann legte Brié das Ohr an und horchte.

„Ja, Wind. Mein Freund der Wind."

Das junge Mädchen ging ein paar Schritte zurück, fühlte die Unebenheiten im Untergrund und versuchte sie sich zu merken, um nicht über herausragende Wurzeln zu stolpern. Dann rannte sie los, nur ahnend wo die knorrige Wand vor ihr sein musste und sprang mit aller Kraft und deutlich mehr Schwung ab. Ihre Hand erreichte den nachgebenden grünen Teppich. Mit den Fingern glitt sie seitlich hindurch, riss den weichen grünen Stoff heraus und ließ gleißendes Licht den finsteren Platz durchfluten.

Es blendete Brié. Sie wand sich ab. Jetzt konnte sie sehen was ringsherum um sie war. Es sah aus wie ein Dschungel, ein Urwald, auch wenn sie noch nie in einem gewesen war, so stellte sie es sich dort vor. Es erinnerte das Mädchen an einen Film, den sie einmal gesehen hatte. Da war ein kleiner Junge, der von Wölfen aufgezogen wurde. Mit der Zeit gewöhnten sich ihre smaragdgrünen Augen an die Helligkeit. Dankbar lauschte sie Richtung Öffnung und hörte wie es plätscherte.

„Der See. Ich hab ihn gefunden!", jubelte sie enthusiastisch.

Kapitel 9

Jetzt, da Brié sehen konnte was sie tat, krallte sich das Mädchen an den umliegenden Wurzeln und Ästen fest, ganz so wie ein junges Äffchen, ganz so wie der Junge im Dschungel aus dem Kinderfilm und kletterte auf die schmale Anhöhe zwischen die dicken Eichen. Sofort strömte ein Lüftchen durch ihr Haar als sie durch den Moosteppich gekraxelt war und sie erinnerte sich daran, wie sehr sie diesen Ort, diesen See einmal liebte.

„Ob ich einfach hier hätte warten können?"

Brié sah das Wasser. Sie machte einen Satz und landete auf weicher, begrünter Erde. Hier hatte die Zeit nichts von alledem angestellt, was überall sonst stattfand. Das Gras war heruntergetrampelt von den Bade- und Strandbesuchern, die Parkbänke hatten ihre bunten Lacke behalten, die Rettungsringe in den Kästen waren nicht vermodert und der Sand durfte bleiben wo er war. Es war normal.

Das kleine Mädchen traute dem Frieden keinen Meter weit. Sie schaute in alle Richtungen, wollte herausfinden wo der berühmte Haken war, von dem immer alle Erwachsenen sprachen, aber da war keiner. Fast wie ein magischer Ort kam ihr dieses Plätzchen jetzt vor. Fast wie in den Märchen, in denen es einen sogenannten geheimen Raum gibt oder eine geheime Tür, die dich in ein anderes, fantastisches Reich bringt und viele wunderbare Abenteuer auf dich warteten.

Aber wenn dies hier das Altbekannte war, wo waren dann die Menschen? Jene, die sie liebte, jene, die sie vermisste? Und wenn da draußen das echte Leben lag, da wo sie geradewegs herkam – sie sah auf das Loch zwischen den dicken Baumstämmen – was wäre das hier dann?

Es war ein Puzzle. Brié liebte Puzzle, aber sie spielte nie allein.

Ihr wollte kein Weg einfallen das Rätsel zu lösen, zumindest nicht jetzt gleich, ruckartig und auf Krampf. Gab es überhaupt einen? War es ein Spiel oder nicht?

„Ach! Na, sieh mal an, wer da schon zurück ist!", flachste eine angeheiterte Stimme.

„Dass sich unsere Wege noch einmal kreuzen, man, da freue ich mich aber, kleine Lady."

Eine dicke Hand tätschelte ihr von hinten den Kopf. Sie wagte kaum sich umzudrehen, hatte sie doch niemals damit gerechnet den Mann wiederzufinden, der Yellow rettete.

„Bist… bist du`s wirklich?"

Sie drehte sich um und sah in ein rötliches, nettes Gesicht. Der untersetzte, ältere Herr hatte sich ein Stück zu ihr heruntergebeugt und stützte seine Hände auf den Knien ab.

„Ich bin`s!", freute sich Rudi Raubach mindestens genauso sehr das Mädel wieder zu sehen, wie sie es tat.

Brié umarmte ihn unerwarteterweise. Ihre Arme reichten nicht ganz herum um den etwas massigeren Leib. Sie schmiegte sich an das lange, rot-weiß-gestreifte Shirt und weinte vor Freude.

„Rudi, du glaubst gar nicht, was ich alles erlebt habe. Du glaubst es nicht."

Der ältere Herr erwiderte die Umarmung.

Obwohl Rudi ein nahezu Fremder für sie war, so stellte er doch alles dar, was sie im Augenblick besaß. Und mehr noch als das. Unendliche Dankbarkeit überfiel das junge Mädchen, nur aufgrund seiner bloßen Anwesenheit. Sie wollte ihn gar nicht mehr loslassen. Er klopfte ihr behutsam auf die Schultern.

„Ist ja gut, meine Kleine. Ist ja gut.“

Seine Worte waren Balsam für Brié.

„Versprich mir, dass du diesmal nicht einfach so verschwindest, sobald ich mich umdrehe, ja?“

Sie klang ängstlich. Ohne Frage würde ihr unbehaglich werden, bei dem Gedanken, dass es einmal mehr hieße: Auf ins Ungewisse! Ab ins Abenteuer!

Nein, sie konnte beflissentlich darauf verzichten.

Rudi zögerte. Sein Puls wurde schneller. Er tat sich schwer damit eine zufriedenstellende Antwort für das Kind zu formulieren. Stattdessen stellte er seinerseits eine Frage, die ihn brennend zu interessieren schien.

„Was genau hast du erlebt in letzter Zeit, kleine Brié?“

Sie erzählte ihm von dem Verschwinden ihrer Eltern und der anderen Besucher des Sees. Sie erwähnte wie nervös sie wurde, als sie beschloss sich auf die Suche zu machen und wie sehr sie sich fürchtete, bevor sie durch das Stückchen Wald ging um zum Parkplatz zu gelangen.

Rudi machte ein aufgeregtes Gesicht und hörte dem kleinen Mädchen aufmerksam zu. Er staunte sehr über die Erlebnisse im blauen Haus, über den blauen Kater mit den saphirblauen Augen.

Dem Mann fiel die Kinnlade runter, als Brié die unheimliche Begegnung mit der Metallkapsel ausführlich schilderte und was das Ding mit der Technostimme zu tun gedachte. Dass es bewaffnet war und sogar fliegen konnte und das es auf irgendwas schoss. Rudi wunderte sich genauso wie sie über die befremdliche Farbe des blauen, klebrigen Blutes und trauerte mit ihr, als das Mädchen das Verschwinden von Fredomoira erwähnte, wobei sie sich ein Tränchen beim Reden wegdrücken musste.

Der Mann kratzte sich überfordert am Kopf und schien nicht zu begreifen, was Brié mit dem Ding in den Wolken gemeint haben könnte. Das Mädchen versuchte es ihm anschaulicher zu beschreiben, bildlicher, sie gestikulierte wild herum, aber er konnte sich davon, seinem leeren Blick nach zu urteilen, keine Vorstellung machen.

Als er aber hörte, was es mit den Menschen machte, wirkte Rudi doch wie jemand, der es vor seinem inneren Auge betrachten konnte, ob er es wollte oder nicht.

Er bekam sogar etwas Angst, dank der Veranschaulichung der von Brié erwähnten komischen Fangarme und den damit verbundenen dumpfen und tiefen Tönen, die über das Mädchen hinweg zogen.

„Ach du meine Güte! Hast dich nicht unterkriegen lassen. Hast dich durchgeschlagen. Gute Arbeit, Kindchen.“

Rudi stupste ihre Nase an und lächelte, als wäre sie nun in Sicherheit und der Schmerz und die Furcht würden sich in Nichts auflösen.

Bei ihm klang es, als wäre alles ein Test gewesen und würde nun vorbei sein.

„Herr Raubach, der Testleiter und sie, Brié, die Getestete.“, dachte das kleine Mädchen insgeheim.

Hopp, oder top? Bestanden? Nächster Versuch? Probefahrt?

Irgendetwas störte das Mädchen an den Worten des Mannes. Sie betrachtete ihn eindringlich.

Sie beschloss die Sache zu vergessen, denn äußerlich war er immer noch derselbe. Was in seinem Inneren vorging, davon verstand sie schon bei der letzten Begegnung nicht allzu viel. Sie tat es damit ab, dass er eben ein merkwürdiger Zeitgenosse war. Aber einer, der für sie da war, als sie es dringend nötig hatte.

„Aber ich habe keine Ahnung, was all das zu bedeuten hat.", stieß sie mit quietschen und entrüstet aus.

„Ich suche immer noch nach meinen Eltern, Rudi. Weißt du mehr darüber? Kannst du mir weiterhelfen?"

Der ältere Herr fuhr mit der Hand durch seinen Bart. Er kratzte sich an den Koteletten.

Für Brié wirkte er wie eine Karikatur. Entsprungen aus einem überzeichneten alten Fernsehklassiker oder einem Zeichentrickfilm.

Raubach hob die Hand und streckte den Zeigefinger in die Luft, als würde er in der Schule sitzen und auf eine gestellte Frage die Lösung parat haben.

Er zögerte kurz, legte dann die Stirn in Falten und rollte mit den Augen.

„Äh, nein."

Enttäuscht fiel Briés euphorische Vorfreude ab. Sie starrte ihre Schuhe an. Ihre sonnengelben Schuhe mit den bunten Schleifen darauf.

„Lass den Kopf nicht hängen, junges Fräulein. Dir wird bestimmt etwas einfallen."

Rudi klang immer noch zuversichtlich, aber für sie war er im Moment der Notnagel. Sie verließ sich vollends auf seine weisen Einfälle, sie war sogar felsenfester Überzeugung, dass er eine Antwort hatte, aber sie verschwieg. Argwöhnisch sah sie ihn an und hakte dann nach.

„Das erste was dir einfällt. Was ist es?"

„Tauchen!", schrie Rudi euphorisch. Er streckte beide Arme nach oben aus, als würde er seinem Lieblingsverein im Stadion zujubeln.

„Tauchen?"

Sie wollte ganz sicher gehen, dass da nicht noch eine etwas bessere Idee war. Eine, die ihr mehr zusagen würde.

„Ja, tauchen.", gab er entschlossen wieder und verschränkte die Arme.

Sie keuchte.

„Na, wenn das die Lösung ist, dann muss ich da wohl durch."

Brié zog langsam die Schuhe und die Latzhose aus. Sie stülpte das gelbe Hemdchen über ihren Kopf und warf es von sich. Ihr war etwas mulmig zumute, denn Rudi Raubach starrte sie fortwährend an. Ein Gefühl von Scham überkam das zierliche Mädchen. Sie ging unruhig zum Strand, spürte wie starrende Augen auf ihr lagen, entledigte sich ihrer verbliebenen Socke, straffte die Zöpfe nach und sprang ins Wasser.

Sie schloss die Augen und hielt sich die Nase zu. Im nächsten Moment war sie untergetaucht, nur um ein paar Sekunden später panisch wieder über dem Wasserspiegel nach Luft zu ringen.

„Nein, nein, nein.", meckerte der Alte vom Ufer aus.

„Du musst länger tauchen und viel weiter raus schwimmen."

Sie sah ihn entsetzt an.

„Du machst Witze!"

„Mach ich nicht. Schwimm weiter raus."

Und sie folgte seinen ernstgemeint klingenden Worten.

Brié schwamm und hörte Rudi ihr immer wieder zurufen.

„Weiter! Noch weiter!"

Als sie in der Mitte des Sees angekommen war, blieben die Rufe aus. Scheinbar hatte sie ihr Ziel erreicht. Das Wasser war klar und sie probierte etwas unter sich zu erkennen. Wonach sie suchte, konnte sie nicht genau sagen, da sie es selbst nicht wusste, aber wenn etwas hier war, dass gefunden werden musste, dann war es viel, viel tiefer verborgen.

Wieder Nase und Augen zuhaltend, tauchte Brié ab. Sie blinzelte vorsichtig und ihr Gesicht verzog sich vor dem wässrigen Gefühl, das ihre Augen benetzte. Diesmal schaffte sie es länger durchzuhalten, aber kam unverrichteter Dinge an die Oberfläche zurück.

„Und? Hast du gefunden wonach du gesucht hast?"

„Nein.", antwortete sie unter Schnappatmung.

„Dann musst du tiefer eintauchen, Kindchen! Viel, viel tiefer!"

Und das tat sie dann auch.

Kapitel 10

Plötzlich schien es ohne Anstrengungen und Mühen zu funktionieren. Sie öffnete die Augen, sie nahm die Hand von der Nase und schwamm in den Abgrund.

Sie hatte keine Vorstellung davon, wie schön es unter Wasser aussehen konnte. Es zogen leuchtend bläuliche Lichter durch sie hindurch. Die Pflanzen strahlten vor Energie. An beigen und grauen Felswänden sah sie bunte Korallen in allen möglichen Formen und Farben sitzen. Sie folgte dem, mit kleinen und runden Löchern durchzogenem, Gestein bis zu einem Abhang.

Wie lange war sie nun schon getaucht? Sie wusste es nicht. Alles schien schwerelos und frei zu sein. Ein Gefühl für Zeit und Raum hatte sie verloren. Sie wusste nicht, wie tief sie schon war. Hinter der Klippe wurde es schwarz. Eine dunkle Ungewissheit zog sie magisch an, gegen die sich das zierliche Mädchen kaum zu wehren vermochte.

Dann, mit Schrecken, begriff sie, dass ihr die Luft ausging. Wie lange würde sie noch aushalten, bis sie ganz von selbst den Mund öffnen und dem sicheren Tod Einzug gewähren lassen würde, der ihr in Form von Wasser in den Körper fließen würde und sie ertrinken ließe?

Aber so weit kam es nicht. Nur wusste sie nicht allzu recht, ob ihr dies besser gefiel, als die Lungen voll Wasser gespült zu bekommen.

Ein Lichtstrahl traf sie von weiter unten. Er war gelb und wohlig warm. Brié öffnete den Mund, aber nichts geschah. Es war, als würde eine unsichtbare Luftblase sie umhüllen. Erleichtert und zugleich verunsichert ließ sie sich, wie ein Stück Eisen, das von einem Magneten angezogen wird, näher heranziehen.

Das Mädchen versuchte in die Richtung, aus der das grelle Ende oder der Ursprung kam, zu sprechen, aber bis auf ein paar Bläschen brachte sie nur undeutliches Genuschel heraus.

Je näher es Brié nach unten zog, desto deutlicher erschienen ihr große, um nicht zu sagen aberwitzig riesige, undeutliche Umrisse. Es war keine Gestalt, die sie kannte, auch nicht aus jüngsten Ereignissen, die sich langsam vor ihr zu bilden schien. Mittlerweile hatte sie viel gesehen und erlebt, aber das, was hier vor ihr lag und sich in den Schatten der Tiefe versteckt hielt, raubte ihr selbst unter Wasser den Atem.

Nun wurden neben den schattigen Umrissen auch Farbnuancen deutlicher. Nicht sehr, aber ein gelbliches und grünliches Geschöpf wartete am Grund des Sees auf sie. So viel stand fest.

Noch einmal versuchte sie zu sprechen und wieder fraß das Wasser alles, was sie sagte und ließ das Mädchen nur Geblubber ausstoßen.

„Was kann ich denn tun?", dachte sie.

„Was will es von mir?"

Sie fühlte sich verloren. Dann konnte sie eine Bewegung erkennen. Etwas, das vielleicht Arme waren, waberte hin und her. Es waren viele Arme. Ihre schlingernden Bewegungen hinterließen im Wasser grüne und gelbe Flecken, die langsam verliefen. Als würde es den See einfärben.

Brié war verzaubert, sie konnte kaum die Augen davon lassen. Sie wusste zwar weder was sie erwartete noch wohin der Weg sie führte, aber der Anblick gab ihr ein Gefühl von Nähe und Geborgenheit. Befremdlich, wenn sie bedachte, in welcher Lage sie sich befand.

Allmählich glaubte Brié ihr Ende wäre gekommen. Es fiel ihr schwer sich mit dem Gedanken anzufreunden, gerade weil sie noch so jung war und so viele Jahre ihres Lebens vor sich hatte, aber wohin sollte sie diese Begegnung, die ihr Rudi Raubach mehr oder weniger einbrockte, noch führen?

Heimlich, ganz für sich allein, trotzte sie dem Wesen in der Tiefe. Schmiss mit jeder Beschimpfung, die ihr einfallen wollte, um sich.

„Du saure Gurke!", dachte sie.

„Du widerliches, schleimiges Fischgesicht!", und weiter…

„Du Drecksstück!"

Und dann erschrak sie fürchterlich.

„Aber, aber…", drang es langgezogen und tiefer, als es je ein vergleichbarer Ton schaffte, in ihre Ohren. Die Stimme war dumpf und schwer zu verstehen und doch auch warm und hinterließ ein dröhnendes, bedrückendes Gefühl. Beinahe wie ein immerwährender Wiederhall, der nur schleichend abebbte.

„Wieso beschimpft das kleine Dingelein ES? Hat das kleine Dingelein etwa keine Angst vor ES?"

„Du sprichst? Du kannst sprechen?", fragte Brié ohne etwas zu sagen. Die Worte waren nur in ihren Gedanken.

„ES kann alles. ES kann mehr.“, kam die Antwort.

Bullige Blasen stiegen auf. Sie glitzerten und ließen einen Hauch von einem Gesicht erkennen. Da waren gelbe Augen mit schwarzen Schlitzen, zahllose davon.

Das Wesen sah sie mit jedem dieser Augen direkt an. Brié bemerkte, wie die Arme, tentakelgleich und bestückt mit tausenden rosa Saugnäpfen, an ihr vorbei schlugen und ihren schwerelosen Körper wellenartig schwanken ließen. Sehen konnte sie die Tentakel nicht direkt, nur den farbigen Schweif, den sie hinter sich herzogen, hatte sie deutlich wahrgenommen.

Das Mädchen streckte ihre Glieder danach aus. Ihre Hände färbten sich darin.

„Du bist zu ES gekommen. Was verlangt das Dingelchen von ES?“

Ihr war nicht klar, was das Wesen von ihr wollte. Hatte sie einen Plan gehabt? Nein. Sollte sie hier etwas Besonderes tun, oder sagen?

„Kannst du mir erzählen was oben vor sich geht?“, fragte sie dann.

„ES könnte.“

„Und wirst du es mir sagen?“, piepste sie dem Schatten über Gedankensprache zu.

Stille. Das Wesen schwieg.

Hatte sie die falsche Frage gestellt?

„Was ist mit meinen Eltern passiert? Mit all den Menschen?“

„Die beiden Lebewesen, die dich schufen, sind an einem Ort, der dir unbekannt ist. Du warst noch zu jung, Dingelchen, um dich an das letzte Mal, als du dort warst, zu erinnern.“

Das Wesen in der Tiefe holte Luft. Anschließend fuhr es fort.

„Die anderen Lebewesen auf zwei Stelzen, deinesgleichen, sind auf ganz verschiedene Orte verteilt.

Die einen, Eingeweihte, haben sich vergraben. Die anderen, im Dunkeln gelassene, wurden entweder fortgebracht oder sind gefallen im Kampf der drei Ebenen.“

Brié konnte nicht viel damit anfangen.

„Drei Ebenen?“, widerholte sie für sich. „Mama und Papa, sind sie Eingeweihte oder im Dunkeln gelassene?“

„ES kann dir keine passende Antwort darauf geben, Dingelchen. ES kann nur sagen, dass diese beiden Lebewesen weder Eingeweihte, noch im Dunkeln gelassene sind.

Ein Stern kann nicht gebunden werden. Ein anderer Stern mit anderem Namen hatte es versucht und scheiterte.“

Brié war jetzt ganz durcheinander. Sie begriff eigentlich gar nichts. Nur eine Sache glaubte sie zu verstehen, mit der sie etwas anfangen konnte.

„Ein Stern? So wie ich eine Stern bin? War es mir deshalb möglich herzukommen?“

„ES ist überrascht über das Dingelchen. Klüger als das Dingelchen aussieht, klüger als die meisten Lebewesen auf Stelzen.“

War etwas Besonderes an ihr? Wenn ja, hatte man ihr verschwiegen, dass es so war. Sie verstand nicht viel von den Verschachtelungen, die das Wesen von sich gab. Brié war genauso verwirrt wie vorher, oder mehr noch.

„Und was soll ich jetzt tun?“, fragte sie.

Die langen Tentakel des Wesens zogen sich zurück. Der Schein von Gelb und Grün verging. Die Augen von ES schlossen sich und das hellgrelle gelbe Licht schleuderte das Mädchen fort.

Wie eine Unter-Wasser-Rakete schoss Brié hoch. Sie kam aus der Tiefe ins helle Blau zurück, sah die beigen und grauen Felswände mit den bunten Korallen darauf und sie sah den blauen Lichtschweif.

Am Ende konnte das Mädchen sehen, wie sie auf die Oberfläche des Sees zuraste. Sie versuchte mit den Fingerspitzen heranzukommen. Dort wo sie den Punkt zwischen Wasser und Luft gerade so fühlte, entstanden kleine Wellen auf dem ruhigen Wasser, die einige Ringreihen formten und Kreise abzeichneten, die immer größer wurden, bis sie irgendwann verschwanden und nichts zurückließen als eine glatte unberührte Seeoberfläche.

Kapitel 11

Aus dem trüben verglasten Bottich, der mit einem metallenen Kreuz und dicken Schrauben stabil gehalten wurde und in dem eine grüne Flüssigkeit schwappte, rang ein leises, beständiges Klopfgeräusch heraus.

Kurz darauf wurde das Wasser mittels gerafften Röhren abgepumpt, die aus einem gummierten schwarzen Kunststoff bestanden. Eine junge Frau, nicht älter als sechszehn oder achtzehn Jahre, sie sah panisch aus, schwebte in der Brühe. Ihr Klopfen war es, das nach außen durchdrang.

Sie hatte den milchig blassen Mund und die smaragdgrünen Augen weit aufgerissen. Sie stieß dicke Luftblasen aus, die ihren Weg nach oben suchten, während die Brühe versank. Das Wasser war nach wenigen Momenten abgelassen, danach verdampfte die Restflüssigkeit unter einem zischenden Geräusch und die Scheiben beschlugen. Die Kuppel öffnete sich in der Mitte wie eine schwenkbare Tür und die Frau, die mit nichts bekleidet war, glitschte ungemütlich auf den harten Untergrund und hustete.

Der Boden war schmutzig bronzefarben. Nieten wölbten sich an den Kanten der rechteckigen Platten hervor. Eine andere Frau eilte mit einem großzügigen weißen Handtuch heran und warf es über die Unbekleidete. Wortlos klammerte sie es an sich und bedeckte ihren Leib damit. Es machte den Anschein, als hätte sie nicht die nötige Kraft besessen um sich auf die Beine zu schwingen und sie hustete fortwährend.

An einer Konsole weiter hinten in dem metallenem Kasten, der an das Innere eines Flugzeuges erinnerte, wenn man nur die Fassade übrigließe, leuchtete ein Knopf grün auf.

„Ist es geschafft?", fragte die schwächelnde Person hoffnungsvoll.

„Es ist geschafft."

Die Frau im weißen Kittel wirkte etwas älter, um die Dreißig. Ihre Worte waren direkt und ohne Gefühlsregungen gewesen. Sie trug eine Brille mit dickem schwarzem Rahmen und hatte haselnussfarbene Augen. Das dunkle Haar reichte ihr gerade noch an die Schultern.

„Dieser Durchlauf war ein voller Erfolg, zumindest was die Messwerte angeht. Wie ist es dir ergangen, Vi? Was für einen Körper hattest du diesmal?"

Die Dame im Kittel wendete sich ab und lief zur Konsole. Ihre Finger machten sich bereit etwas auf die Konsole zu tippen.

„Ich war ein junges Mädchen. Blond, sieben Jahre alt, stand kurz vor meinem achten Geburtstag. Ich war an einem See."

„An einem See? Ungewöhnlich.", unterbrach die Dunkelhaarige sie.

Die Frau im Handtuch versuchte aufzustehen, ließ es dann aber doch bleiben, als sie bemerkte, dass ihre Kraft noch nicht ausreichte. Sie fasste sich durchs blaublonde Haar, wirkte dabei etwas abwesend, fast träumerisch.

„Ja, ich weiß. Sonst war es immer ein zentraler Ort. Ein Stadtkern oder dergleichen, doch diese ländliche Gegend schien ganz richtig gewesen zu sein."

„Wie meinst du das, Vi?"

„Die Katastrophe kam erst später an diesen Ort. Ich hatte Zeit mich mit Menschen zu unterhalten."

Verblüfft drehte sich die Ältere auf dem Stuhl herum und starrte sie an. Neugierig kam sie, schon mit Hemd und Hose bewaffnet, die auf einem anderen Stuhl bereit lagen, angelaufen und half die Sachen über den halbtrockenen Körper zu stülpen. Sie war dabei nicht zimperlich, gerade so als würde sie einem bockigen Kind versuchen einen viel zu engen Pullover überzuziehen. Sie hob unsanft die Arme der jüngeren Frau hoch und steckte sie durch die Ärmel hindurch.

„Also sind wir einen Schritt weitergekommen.", hielt sie dann fest.

„Ja, sind wir. Einen kleinen jedenfalls.", minderte die schwächliche Frau die Euphorie der anderen.

„Aber es war noch mehr.", erzählte sie weiter.

„Noch mehr?"

Als die Hose und das Hemd übergeworfen waren und nachdem das Husten vorbei war, erzählte sie weiter.

„Ich habe eine dieser Maschinen gesehen. Weißt schon, die von denen alle redeten, die damals dabei waren. Rundlich und schwer bewaffnet. Jedenfalls bemerkte ich etwas Unerwartetes. Ihre Waffen und das Material, aus dem sie gemacht waren, erinnerte an keine uns fremde Art der Bau- oder Funktionsweise. Ich muss festhalten, dass diese Dinger und ich bin mir dessen ziemlich sicher, von Menschen gemacht wurden."

„Du spinnst doch! Wieso sollten Menschen diese tödlichen Waffen geschaffen haben, Vi? Das waren die Anderen, nichts sonst ergäbe einen Sinn."

„Leider doch.", lenkte die Jüngere ein.

„Es war eine Phase und der Präventivschlag gehörte zum Plan dazu. Wir wurden angegriffen, sollten glauben, dass unsere Welt in unmittelbarer Gefahr ist und anschließend wurde unsere gesamte Zivilisation evakuiert. Ich sah drei Countdowns in einem Haus, versteckt im Bildschirm eines Fernsehgerätes.

Das war der Plan und er war erfolgreich."

Die Frau im weißen Kittel verschränkte die Arme und überlegte. Auf ihrer Stirn bildeten sich Falten. Sie schien gekränkt oder eingeschnappt.

„Aber das würde ja bedeuten, dass…", mit dem Finger schob sie die Brille hoch.

„Dass die Erde bewohnbar ist."

Jetzt schwiegen beide. Sie ließen die Informationen sacken. Jede für sich.

„Und um dem Ganzen die Krone aufzusetzen: Ich befürchte, dass es einen Ort auf der Erde gibt, einen geheimen Ort unter der Oberfläche, der noch Menschen beherbergt."

„Eingeweihte?"

„So wurden sie genannt, ja. Eingeweihte."

Die junge Frau hätte noch mehr zu sagen, zum Beispiel was das Wesen unter Wasser über den Kampf der drei Ebenen sagte, aber sie beschloss, es vorläufig für sich zu behalten. Immerhin wusste sie nicht, inwieweit sie der Frau im Kittel trauen konnte. Für sie war nur wichtig einen Weg zurück zu finden und wenn ihrer gewissenlosen Doktorin etwas einfiele dies zu ermöglichen, dann würde sie sich frei kämpfen. Koste es was es wolle. Sie würde sich und ihre Freunde befreien und in die Freiheit führen. Notfalls auch mit Gewalt.

Sie behielt außerdem den einen Namen, Stern, der erwähnt wurde, für sich. Niemals würde ihr in den Sinn kommen, dies preiszugeben. Niemals.

Die Frau im Kittel mit dem schwarzen Haar riss sie aus ihren Gedanken.

„Das bedeutet, du bist der Meinung, dass die Anderen, dass wir das waren?"

„Wahrscheinlich ist es genau so.", flüsterte sie ihr zu.

Betrübt sah die junge Frau zu Boden. In sich gekehrt und nachdenklich.

Die Frau im Kittel tippte noch etwas, bis sie Vi, auf dem Boden kauernd, bemerkte.

„Was ist mit dir? Gibt es noch mehr, was du mir erzählen kannst?"

Erschrocken schüttelte sie den Kopf. Auf keinen Fall würde sie die pikanten Vermutungen ans Tageslicht bringen. Sie wollte nicht einmal von dem blauen Kater erzählen, obwohl das in den Augen der Doktorin sicherlich unwichtig gewesen wäre.

Dann kam sie wieder näher, legte ihre Hand auf die Schulter der Jüngeren und streichelte sie sanft.

„Da ist doch noch etwas, dass du mir sagen willst. Was ist es?", flüsterte sie ihr ins Ohr.

Sie lächelte zwar, aber die Augen hinter der Brille sprachen eine andere Sprache.

„Ich möchte, dass du mir alles erzählst, oder muss ich…", forderte sie nun strenger, wobei sie sich die blaublond schimmernden Haare krallte und ordentlich zupackte.

„Nein, nein…“, wimmerte die Junge eilig.

„Das hat hiermit nichts zu tun, Doktor.“

„Was hat hiermit nichts zu tun?“, beharrte sie.

Es fiel ihr schwer etwas vor ihr zu verbergen. Wollte sie es versuchen, und Gott weiß, das hatte sie bereits mehrmals getan, wurden andere, schrecklichere Seiten aufgezogen. Schmerzhafte, peinigende, quälende.

Für ihre reisenden Gefangenen, die Informationen hinterm Berg halten wollten, gab es einen eigens dafür vorgesehenen Raum.

Die junge Frau war sich sicher, dass sie beim nächsten Besuch dort weniger glimpflich davonkommen würde.

Aber irgendetwas musste sie ihr erzählen. Jetzt, da sie schon eine Ahnung hatte, würde es ausreichen sie fortzuschicken, um all die gehüteten Geheimnisse aus Vi herauszuprügeln.

„Es ist nur… das Mädchen, sie hieß Brié, wie ein Käse, den es einmal gab. Sie ist tot, oder?“

Die Frau im Kittel drückte den immer noch im Griff gepackten Schopf schmerzend runter und wendete sich wieder ab.

„Natürlich ist sie das. Sonst hättest du wohl kaum ihren Körper nutzen können.“ Kaltschnäuzig, ohne ein Fünkchen Mitleid, zeigte sie auf einen Bottich. Er hatte die Form eines Fasses mit Deckel, in dem ein kleines rundes Loch ausgeschnitten war. Aus diesem hingen dünne durchsichtige Schläuche, die zu dem Kanister führten, in dem Vi in der Brühe gefangen war.

„Es ist nur schade, wie sie gestorben ist.“, sagte die junge Frau leise.

„Sie ist eben ertrunken. Was solls.“

Kapitel 12

Als Brié zu sich kam, wunderte sie sich sehr. Sie versuchte ihre Augen zu öffnen, aber das Licht an der Decke war so grell, dass es sie blendete.

Auch die Geräusche kamen ihr merkwürdig fremd vor. Da war ein Piepen in regelmäßigen Abständen und ein plastisches Atemgeräusch. Sie fühlte einen schwachen Schmerz in ihrem Handgelenk. Irgendetwas steckte darin. Dann war ihr klar, dass sie in einem Bett lag, behütet und zugedeckt.

War sie nicht gerade dabei aus dem tiefen See aufzutauchen?

Eine Tür wurde aufgestoßen. Laute eilige Schritte kamen näher. Es waren unterschiedliche Schuhgeräusche. Ein Paar klang klackend und eines eher dumpf und noch ein anderes war sehr leise und quietschte etwas.

Brié blinzelte ein paar Mal, um sich an das Licht an der Decke zu gewöhnen. Sie erkannte verschwommene Gesichter. Alle standen um sie herum. Eine Gestalt war am Bettende, sie war etwas kleiner. Links von ihr erkannte sie eine Frau mit hellem Haar und rechts stand ein Mann. Nach weiterem Blinzeln erkannte sie die Gesichter.

„Mama. Papa."

Völlig überrascht kämpfte sie damit, nicht den Versuch zu wagen, aufzuspringen. Stattdessen schaffte das Mädchen es geradeso die Finger und den Arm etwas zu bewegen.

„Ruh dich aus, mein Kind.", sagte die Mutter, die aufgelöst war und den Kampf gegen ihre Tränen verlor.

Vater streichelte seinem Kind die Stirn und durch das Haar.

„Schön, dass du wieder da bist.", sagte er und grinste die kleine Brié mit einer gewissen Erleichterung an.

„Was ist passiert? Wie bin ich hierhergekommen?"

Daraufhin ergriff der Mann am Bettende das Wort. Er hielt ein blaues Klemmbrett in Händen und trug einen weißen Kittel. Er hatte außerdem einen grauweiß melierten Bart, der an den Ohren begann und sich über der Lippe und am Kinn traf.

„Brié, acht Jahre alt, 112 Zentimeter groß, wurde mit dem Rettungsdienst mittels Krankenwagen von dem See, in dem sie bewusstlos wurde, in das nächstgelegene Krankenhaus transportiert und wiederbelebt. Das Kind, also du, tapferes Mädchen, lag siebenundneunzig Tage auf Station und wurde in dieser Zeitspanne künstlich beatmet und ernährt. Heute, jetzt, ist die Patientin aus dem künstlichen Koma aufgewacht. Es wird ein paar weitere Tage dauern, bis sich ihr Körper von den Strapazen erholt hat und sie wieder nach Hause darf."

Der freundliche Mann legte das Klemmbrett weg und rieb sich die behaarten, etwas rötlichen Hände, während er ums Bett lief. Er grinste breit und beugte sich zu ihr vor, wobei der Arzt sich mit einer Hand auf seinem Knie abstützte.

„Geschafft, kleines hübsches Mädchen. Du hast es geschafft."

Er stupste ihre Nase an und verabschiedete sich nickend bei den Eltern um anschließend aus dem Zimmer zu verschwinden.

Brié sah sich abwechselnd ihre Eltern an, die nur dastanden und vor abfallenden Sorgen die Sprache verloren zu haben schienen.

„Hat er gesagt nach Hause?", fragte das Mädchen.

„Habe ich mir denn das alles nur eingebildet?"

Mutter und Vater wechselten einen besorgniserregenden Blick. Sie pressten die Lippen aufeinander und zwangen sich ein unverschämt teures falsches Lächeln auf.

Die Mutter fing neuerlich an zu weinen und ging zum Fenster.

Der Vater nahm die Hand seiner Tochter.

„Du warst ohnmächtig. Wir wählten den Notruf und fischten dich mit einem rot-weißen Rettungsring aus dem Wasser. Wir versuchten dich wiederzubeleben, aber konnten es nicht. Als der Rettungswagen eintraf, fuhren wir sofort los. Im Krankenwagen gaben sie dir ein

Heilungs-Kuscheltier, wie sie es nannten."

Der Vater zeigte ihr eine blaue Katze mit langen Ohren und großen Augen, die hinter ihr auf dem Kopfkissen saß. Dann fuhr er fort:

„Im Rettungswagen ging es los. Ein Alarm. Die Stadt wurde als erstes angegriffen."

„Aber es dauerte nicht lange, stimmt`s?", wollte Brié wissen.

„Nur ein paar Tage. Danach begann die Säuberung. Die… die Menschen wurden evakuiert. Viele haben es nicht geschafft. Sie sind jetzt an einem besseren Ort."

„Aber wir haben es geschafft?"

„Ja.", antwortete der Vater.

„Ja, mein Engel, wir haben es geschafft. Wir sind unter der Erde, in einer geheimen Stadt und warten, bis es oben wieder sicher ist."

Die Mutter trat wieder heran. Sie fasste die Schulter ihres Mannes.

Dann ging die Tür wieder auf. Eine Schwester hielt eine Spritze und einen klimpernden Becher in ihren Händen.

„Herr und Frau Stern, bitte lassen sie ihr Kind etwas zu Kräften kommen. Ich kümmere mich gut um sie. Verlassen sie sich darauf."

Die Schwester lächelte ihnen zu.

Die Eltern verabschiedeten sich von Brié, versicherten ihr, dass alles gut werden würde und dass sie bald wiederkämen. Schweren Herzens ließ das Mädchen die Hand ihres Vaters los. Die Eltern warfen ihr noch Küsse zu und winkten, dann gingen sie hinaus.

„Schön, dass du überlebt hast, Dingelchen."

Ende